ポルレイターとの決別

JN224174

ポルレイターとの決別

クルト・マール

登場人物

ペリー・ローダン……………………………宇宙ハンザ代表
アトラン……………………………………アルコン人
レジナルド・ブル（ブリー）……………ローダンの代行
ジューエ・バートル………………………テラナー。シャーマンの息子
ラフサテル＝コロ＝ソス（コロ）………ポルレイターの指揮官
ワイコラ＝ノノ＝オルス
クムラン＝フェイド＝ポグ ……………ポルレイター

1

「これ以上は近よりません」

「距離、五百メートル」マレク・ハッサンはいった。

「了解」アトランは高性能グライダーの前を移動していく奇妙なものから目をはなさずに、つぶやいた。

それは卵形をしていた。殻は淡紅色の光でできている。光はエネルギー・フィールドの放射で、触れるとかなりの損傷を引きおこすかもしれない。望遠鏡でのぞいてみれば、光る殻のなかに、異様な姿をした存在が見えるだろう。ぜんぶで六本の手足を持ち、背中には甲皮がついている。複数いるが、たいていは動いていない。卵のなかは無重力が支配している。

五時間前、卵形の集合体オーラにつつまれたポルレイターたちは、高度二百二十キロメートルのテラ周回軌道からはなれた。ゆっくりとだが、明らかに地上に狙いを定めて動いている。大気と接触すると、オーラの光が強まった。成層圏では、イオン化された空気の分子が高濃度なため、存在する水蒸気が水滴を形成し、雪のように白い飛行機雲をつくる。

アルコン人はまわりを見まわした。うしろにはさらにグライダーが五機つづいている。乗り組んでいる男女は、目前に迫る混乱のなかでも、教育と経験によって正しい判断ができると期待されていた。自由テラナー連盟と宇宙ハンザの災害専門チームだ。三十人以上のきわめて優秀な専門家の一団が、まったく希望なくいきづまった状況のなかから、まだ救えるものを救うために向かっている。

アトランの同行者ふたりはこのチームのなかでも特徴的な存在だった。マレク・ハッサンはフィールド・エネルギー専門家であり、任務はポルレイターの集合体オーラを中和する方法を開発すること。男らしい外見が目を引く。背の高さ二メートルで、筋骨たくましく、肌は小麦色、三十八歳だ。宇宙ハンザのなかでは〝ビーチボーイ〟と呼ばれている。ナロン・ドゥールは女性異生物心理学者で、ポルレイターとコンタクトできたら活躍するだろう。ビスマルク諸島のニューブリテン島の出身だ。ビロードのような肌の色は灰色で、顔はそれほど目を引くわけではなかった。額がたいらで、目と目のあいだが開いている。押しつけられたような幅ひろい鼻、大きすぎる口。しかし、スタイルは、沈着冷静を誇る男たちでさえ息をのむほど完璧だった。ナロン・ドゥールは首席テラナーの専門家スタッフのひとりだ。すぐれた学者としての業績が、以前から聞こえてきていた。

「ハンザ司令部からオーラ・グループのリーダーへ」ラジオカムから聞こえてきた。「干渉のせいで、こちらからはしだいに目的地が見えなくなっています。そちらの計算だと、地表ゼロ点はどこですか？」

それはレジナルド・ブルの声だった。地表ゼロ点とは、オーラが着地する場所のことだ。

「相《あ》いかわらず、カラコトのどこかだ」アルコン人は答えた。「オーラは南出口通りとモンゴル皇帝広場に向かって進んでいる」

「なんてことだ！」ブルはうなった。「よりにもよって、もっとも住居が密集している地帯ですよ」

「広場に着地する計画だといいのだが」アトランはいった。「そこならばオーラを収容するのに充分のひろさがある」

「そもそもポルレイターになにか計画があるなんて、だれがいったんですかい？」ブルは不審げに応じた。「わたしにはずっと、ただたんに流されているように見えますがね。なかにいる者たちが正気かどうかさえわからない。どのような避難処置が考えられますか？」

「交通を迂回させるのだ。南出口通りおよび、モンゴル皇帝広場に通じる連絡道をすべて封鎖せよ。避難にはまだ時間がある。パニックになるのは避けたい。広場周辺の建物の住民には警告しよう。非常の場合にはすばやい強制避難ができるよう、いくつかの治安部隊を出動させる。最終的な決定は半時間以内だ。それまでに、ポルレイターがどこに降りようとしているか、正確にわかるだろう」

「了解」インターカムから応答がきた。「ところで、《バジス》が荷おろしをはじめました。ペリー・ローダンはすぐにスペース＝ジェットでハンザ司令部に向かっています。のこりのメンバーは連絡船で宇宙港に着陸します」

「それはよかった」アトランはいった。

本当は友の名前を聞いて、胸がすこし痛んだのだが。

＊

ペリー・ローダンがもどってきた……ゲシールといっしょに。この謎の女が《バジス》での遠征に参加すると聞いたときのことを、アトランは思いだした。ペリーがゲシールを追いかえしてくれればいいと思ったが、それを望むのはおろかだった。ペリーも自分同様、ゲシールの虜《とりこ》になっている。ペリーにとってゲシールの要望は、願ってもないことだったのだ。

アトランは《バジス》出発後の数日間、苦しんだ。一週間たつと、突きさすような心の痛みは、絶え間なくさいなむ苦悩に変わった。何千年もの人生経験を持つ男が、嫉妬のようなちっぽけな感情で悩んでいる。自分自身でもばかばかしいと思う。しかし、どうすることもできない。ゲシールへの感情は、初恋のようなものだった。目がさめているあいだ、ずっと頭からはなれない。だから、気をまぎらわせ、憂さ晴らしするしかなかった。

それを必死でやっていたところへ、ポルレイターの問題が浮かびあがってきたのだった。ありがたくさえ思えた。心の不安を生産的に利用する可能性が提供されたからだ。ポルレイターがオーラにつつまれたまま、地上に降りるつもりだとわかったとき、さしせまる危険がすこしでも緩和されるように、危機管理部隊をつくることにした。アトランはこの任務に没頭し、飽くことのないエネルギッシュな力を発揮した。長年かれを知る者でさえ、その粘り強さに驚いていた。

決定的瞬間が目前に迫っている。ポルレイターがなにを考えているのか、二十四時間以内にはわかるにちがいない。アトランはこの状況をよろこんだ。次々と起こる騒ぎに忙殺されて、ゲシールのことを考えなくてもすむ。これなら、いまの精神状態をたもてると思った。その間にたとえ《バジス》がもどってきたとしても……

アトランは目をあげた。ナロンがしゃべりはじめたのに気づいたからだ。

「なんといった？」アトランはたずねた。

「ポルレイターはわたしたちに次々と謎をかけている、と」異生物心理学者は答えた。「テレパスふたりが調査して最近わかったことですが、ラフサテル＝コロ＝ソスとその同胞たちはひどい抑鬱状態で、集団自殺を考えているようです。ここにいるマレクがいうには、ポルレイターたちはその計画を手っ取り早く実行するために、カルデク・オーラが有するエネルギーをいっきに放出し、自分たち全員が死ぬような爆発を引きおこそうとしているらしいのです」

「ありえるな」アトランはうなずいた。

「そんなこと、なぜテラでやるのでしょう？」ナロン・ドゥールは気性がはげしい。その話しぶりで、ポルレイターの不可解な作戦行動に腹をたてていることがわかる。「テラニア・シティでオーラが爆発したら、町の半分は廃墟と化します。ポルレイターはけっして人付き合いのいい仲間ではないけれど、知的生物への敬意が欠けているとは、だれもいっていなかったのに」

アトランはレジナルド・ブルがいっていたことを思いだし、

「もしかしたら、オーラそのものが勝手に動いているのかもしれない」と、いった。「われわれが知るかぎり、ポルレイターはひどい無気力な状態にいる。まわりでなにが起こっているかも、わからないのかもしれない」

「オーラがスピードを速めています」マレク・ハッサンが甲高《かんだか》い声でいった。

ハッサンはグライダーを降下させた。アトランは前のめりになり、コクピットのグラシット構造ごしに下をのぞいた。南出口通りの二十四車線ある幅ひろい道路が、左ななめから近づいてくる。道路はがらんとしていた。レジナルド・ブルが、いわれたように迂回処置をとったのだ。明るいグレイの道路の両側には、首都のなかでも比較的貧しい者たちが住むカラコトの町がひろがっている。カラコトにはこの地方のモンゴル人種族の子孫が多く住んでいるのだ。郊外の町は、モンゴル皇帝の時代にテラのこのあたりの歴史で重要な役割をはたした古代の都市遺跡、カラ・ホトをとりまくように位置している。

アルコン人は淡紅色に光るオーラを見ていた。相いかわらず卵形で、長さ八十メートル、直径五十メートルの泡のようだ。大通りのほうに方向転換した。高度はわずか九百メートルほどで、速度をかなりあげている。

アルコン人はクロノグラフを見た。レジナルド・ブルに伝えた半時間を二十分過ぎている。すばやく計算した。オーラはすこしかたむいて前方に移動している。最終的な目的地がモンゴル皇帝広場であることはたしかだ。ハンザ司令部と連絡をとった。ブルがすぐに応答した。アトランは状況を説明する。

「広場周辺の建物の住民にはすでに警告しました。必要ならすばやく避難できるよう、二千人の治安部隊が待機しています」ブルはそういうと、かぶりを振った。「こうした事前対策はすべてむだになりそうですが」

アトランはブルの意見に賛成した。オーラはがらんとした大通りにそって移動している。ポルレイターは被害を最小限にとどめることに重点をおいているのではないか？道路の左右にある背の高い建物は、広場をかこむようにならぶ建物と同様、商業施設のようだ。もうすぐ十七時三十分になるところで、たいていのオフィスと商店は閉まっている。これ以上の条件は望めないだろう。

ブルにそれをいおうとした。しかし、できなかった。ナロンが叫び声をあげたのだ。

「見てください！　オーラが墜落します！」

＊

淡紅色の巨大な卵が揺れはじめた。宙がえりをしながら落ちてくる。オーラはもう前に進まず、大通りの西にならんでいる建物のほうへ流されていった。

「ブリー、大変だ」アトランはいった。

キイを二回押し、ハンザ司令部にいるブルがスクリーン上でグライダーのカメラの映像を見られるようにした。オーラは高さほぼ百メートルの建物の屋根すれすれで、落下をやめた。見えない弾力のあるものにぶつかったように跳ねあがると、広場に向かってゆるやかな放物線を描いていく。アトランがほっとしたのはほんの一瞬だった。オーラはふらつかなくなったが、縦軸にそって回転しはじめたのだ。

拡大してみると、奇妙な、非現実的な映像があらわれた。回転するオーラによって空気分子の動きが活発になり、イオン化されて空気の流れが発生している。それは光る渦巻きとなって、淡紅色の自転にともない、最後は横に流されていく。しかし、エネルギー外被のなかでは、二千九名がこれまでどおりまったく動かず、同じ姿勢をとりつづけているのだ。エネルギーの入れもののあわただしい動きをまったく感じてないようだ。放物線はその軌跡の頂点をこえて、横に向き、通りの東のはしに向かった。

アトランの見るところ、オーラのなかではふたつの力が働いているようだ。ひとつは、エネルギー外被とまわりの建物との接触をなんとしても防ごうとしている。もうひとつはそのような思いやりもなく、ひたすらみずからの目的を追求しようとしている。発生する被害のことは考えていないらしい。オーラ内の者が動かないのは無関心だからではない。そう見せかけているだけだ。実際にはポルレイターは頭が冴えていて、精神的にもしっかりしている。ふたつのグループが、精神的なレベルで戦いをくりひろげているのだ。

モンゴル皇帝広場はもうわずか数百メートル前方にあった。オーラは水平飛行の状態で東の建物上空を飛び、まわれ右をして、ふたたび大通り上空にもどり、広場に降りていった。公園のような緑地がとりまいているひろい場所のまんなかに、記念碑がそびえている。公園の直径は百五十メートルあった。南出口通りの一車線だけがこの公園を通り抜けているが、あとは地下に入り、あらゆる方向へと連絡している。陽が沈みはじめていた。そのとき、アルコン人は愕然とした。広場周辺にかなりの数の野次馬が姿をあらわしている。広場を縁どるように立つ建物の前で、壁のようになっていた。近づいてくるオーラの危険を知らないのだ。

「治安部隊の出番だ、ブリー」アトランはマイクロフォンに向かってうなった。「見物人は追いはらわなければならない！」

ブルは答えなかったが、腕を伸ばし、一連のスイッチ操作をしているのがアトランには見えた。いつのまにか高度百メートル以下で移動していたオーラは、南出口通りがモンゴル皇帝広場に合流する地点に到達しそうだ。コースは変わらないようだったが、最後の瞬間、オーラは左に方向転換した。アトランは思わず息をのんだ。オーラが広場の北西の角にある背の高い建物めがけて突進しはじめたのだ。ファサードがまるみを帯びた半円形で、前世紀の遺物のような、グレイのベトンでできた建物だ。

信じられない明るさの閃光が、暮れかかる薄明かりを貫いた。金属がぶつかったような雷鳴が空気を震わせる。広場のまわりでは群衆が動きだしていた。まるいファサードの上の三分の一が砕けた。ベトンの塊りが雨のように降りそそぎ、雪崩《なだれ》のように轟音《ごうおん》をたてて落ちていく。

オーラは建物との接触で投げとばされ、一瞬、広場中央の上空で静止したと思うと、次の瞬間に墜落した。モンゴルの偉大な遠い過去の記念碑が、青味を帯びた光のなかで消滅して、あらたに轟音がした。藪や木が燃えあがり、一瞬でみすぼらしい白い灰のちいさな塊りとなる。その灰も爆風で巻きあげられ、どこかへ運ばれていった。

広場全体がもうもうたる煙につつまれた。野次馬たちは一目散《いちもくさん》に逃げだしていた。広場に通じる道の出入口は、恐ろしい光景からできるだけ早くはなれようと集まってきた者たちでいっぱいになった。街灯がいっせいにともり、広場が日中のような明るさになった。群衆のなかにときおり治安部隊のブルーグレイの制服が見える。野次馬たちの避難を誘導するのに苦労している。

オーラは広場のまんなかに降りた。もう卵形ではない。直径八十メートル、高さ二十メートルのドームのようになっていた。エネルギー構造物は相いかわらず独特な淡紅色の光を放射し、まわりの植生は黒焦《こ》げになっていた。広場内を通る道路の舗装は膨《ふく》れあがり、泡だっている。

アトランはマイクロフォンを引きよせた。最初の連絡は、あとにつづくグライダーに向けてのものだった。

「予定どおりに広場のはしに着陸する。だれも当面はオーラに近づかないように」

次に通信チャンネルを変えて、レジナルド・ブルを呼びだした。

「恐ろしい光景だが、最悪の事態は避けられたようだ。死傷者の報告は？」

「これまではありません。野次馬たちはどうやらうまく避難したようです。瓦礫《がれき》の下敷きになった者はいませんでした。しかし、あの半円形の建物にだれかいたとしたら……」

ブルはそれ以上、話さなかった。沈黙は言葉よりも多くのことを語っていた。

＊

振りかえれば、もうほかに道はなかった。惑星クーラトをはなれ、遠い銀河のはずれにだれにもじゃまされないかくれ場を探すと決めたとき、運命は決まっていたのだ。

当時、自分たちはうぬぼれていた……同時に、疲れてもいた。うぬぼれていたのは、コスモクラートの任務にさいし、驚くべき業績をあげることができたから。フロストルービンの封印だ。フロストルービンは宇宙のあちこちで、言語に絶する困窮と苦しみを発生させた。それがあらわれるところはどこでも、エネルギー爆発が起こる。全銀河がバランスを失い、内的均衡がまったく失われ、廃墟に姿を変えてしまうのだ。

その業績を誇りに感じる権利はあった。しかし、フロストルービンの封印にエネルギーをつぎこんで、力つきていた。だから、こういったのだ。

「われわれはもう充分にやった。ここからは、ほかの者がやればいい」

ラフサテル＝コロ＝ソスには、いまもわからない。コスモクラートは、宇宙に住むほかの生命体のように感情を持つ存在なのだろうか。コスモクラートがポルレイターに話しかけ、〝おまえたちは疲れている。しかし、それは時間がたてばよくなる。ゆっくり休んで、それからまた任務をはたしなさい〟と、いってくれたら、どんなに楽だろう……

……

ポルレイター種族は驚くべき力を持つコスモクラートたちを非常に尊敬していた。かれらがそんなふうに話しかけてくれたら、疲れたポルレイターにも、自分たちの行動のおろかさがわかったかもしれない。しかし、コスモクラートたちはなにもいわなかった。だから、ポルレイターは決心を変えなかったのだ。

ポルレイターはみずから選んだ亡命の地に着く前に、コスモクラートが自分たちの後任に監視騎士団を指名したことを知った。その監視者たちは自身を〝深淵の騎士〟と呼んだ。ポルレイターのように単一の種族ではなく、宇宙のさまざまな文明の者からなる、ひとつの組織だった。思いおこせば、当時そのニュースを聞いたときはショックだった。みな意識のどこかでコスモクラートに引きとめられるのを期待していたのだ。きっと呼びもどされるだろう。〝もどってこい！　おまえたちが必要なのだ〟と……

その望みは、深淵の騎士が自分たちの後継者として指名されたとき、消えた。過去への橋はどれも壊された。宇宙船があれば呼びもどしに応じられたかもしれないが、それは未知の銀河で燃やしてしまった。あのとき、引きかえすべきだったのかもしれない。以前の役割をふたたび演じることが不可能でも、コスモクラートのもとで、どこか居場所を見つけていたかもしれない。そこで自分たちは存続の可能性を見いだし、破壊的な宇宙勢力と戦う任務で役だつことができたかもしれない。

しかし、謙虚さはポルレイター種族の性格からはほど遠いものだった。コスモクラートたちにひどい悪態をつくと、あとは計画どおりの行動をとった。

その後、ある理論が生まれた。ポルレイター種族はコスモクラートに依頼された任務ですばらしい業績をあげたゆえに、進化のより高いステージにうつる機が熟したというものだ。そのような進化が自然に起きたかのように見せるためには、ひたすら休息と内省が必要になる。そこでルルドヴァン＝ジェロ＝ラッツが台頭し、自説を述べた。ポルレイターがより高い次の存在形態……肉体のない意識の集まりのようなもの……に到達しようとするなら、表面張力を克服しなければならないというものだ。

ラフサテル＝コロ＝ソスは自分がいかにジェロの議論に心酔し、その熱烈な擁護者になっていたかを思いだした。無理からぬことだ。ジェロは長年にわたってコロの師であり、コロは自分をジェロの弟子だと思っていたのだから。

やがてポルレイターたちは、テラナー種族がM－3という味気ない名前をつけた球状星団に、居心地のいいかくれ場をつくった。五惑星を持つ星系をつくり、それを自分たちのかくれ場の名前にした。自然が生きる権利をとりあげなければ、そこでしずかに平和に暮らせていたかもしれない……いや、違う。ルルドヴァン＝ジェロ＝ラッツの理論が全員の心に引っかかっていた。コスモクラートたちの命によって真の奇蹟をなしとげた種族である自分たちは、よりすぐれた存在になるはずだ、と。

こうして事態は展開していき、その時点で生存していたポルレイター七万名のために、活動体、つまりほぼ永久に使えるアンドロイド外被がつくられる。のちになってみると論理的根拠を説明できないのだが、分別を失った者たちにとっては、これが球状星団の内部にある五惑星施設……新モラガン・ポルドと呼んでいた。過去をいつかふたたびよみがえらせることができるという、自分たちの夢のはっきりとした声明のようなものだった。

……をはなれ、見知らぬ惑星の生命を持たない対象物のなかへ入りこむきっかけとなった。岩のなかで、湖のなかで、クリスタル構造物のなかで、再生のために必要な休息が得られると信じていた。滞在場所が快適でなかったり、あるいは望んだ休息を得られなかったら、いつでもその場所をはなれて活動体にふたたびもぐりこみ、安らぎを得られるべつの物体を探すことができると信じていた。

なんという思い違いをしていたことだろう！　自分たちの前提条件が間違っていた……いや、もっと悪い。ルルドヴァン＝ジェロ＝ラッツの理論は誤りだったのだ！　まったくの間違いではないが、すくなくともポルレイターには応用できず、かれらは罠にはまってしまった。休息を得られると信じて物体に身をゆだねたのだったが、唯一わかったのは、その物体が監獄だったということだ。聞いていた話とは違って、好きなようにそこをはなれることはできなかった。閉じこめられたのだ。

二百万年以上ずっと……これは、ある生物の時間換算による数字だ。その生物の住む惑星に、集合体オーラはいま向かっている。

ポルレイターがほんのわずかしか生きのこらなかったのも不思議ではない。たいていは閉じこめられた物体とともに消滅した。あるいは、孤独のなかで正気を失って死んだ。先ほどいった時間換算を使う生物、テラナーが、ポルレイターを見つけて監獄から解放したとき、その数はわずか二千十一名だった。それから、二名がさらに命を落とした。クリンヴァンス＝オソ＝メグとリヴワペル＝イルトゥ＝リングスだ。

この数週間、数カ月の出来ごとが、コロの心をよぎった。あまりに長く思い出に浸ってしまった。時間をむだにしてはならない。フロストルービンの封印以来、ポルレイターが決断したことはすべて間違っていた。そしていま、すくなくともひとつの問題がのこっている。ほとんどとるにたりない数にまでなってしまった、最後のあわれな同胞たちの去就である。

ポルレイター種族の歴史に終止符を打つ時がきたのだろうか？

ラフサテル＝コロ＝ソスはそうは思わなかった。
しかし、まだ希望があるとほかの者を納得させるには、戦わなければならないだろう。

2

アトランたちは、瓦礫だらけの場所のぎりぎりの、まるい建物の上の三分の一が粉々になってできたところに着陸した。のこりのグライダー五機も同様に着陸し、広場のはしにそってグライダーが六機、きちんと六十度角の間隔でならんでいる。アトランはしずかにひとり笑みを浮かべた。生粋《きっすい》のテラナーの秩序維持の心がまえは不変らしい。六機はまるで、演習中で上官の目を意識したかのように着陸している。

光るオーラは七十五メートルはなれて、公園のまんなかにあった。エネルギー・フィールドの壁を通してポルレイターたちが見える。浮かんでいて、動かなかった。もうもうたる煙の大部分は徐々に消えていった。ただ淡紅色のドームがあるところは、草がまだあちこちで燃えあがっている。

アトランはハッチを開けて、外へ出た。

あたりはしずかだった。遠くから道路の騒音がひかえめに聞こえてくる。しかし、あたりでは動くものの気配はない。つまり……

瓦礫の山のうしろからふたつの姿があらわれた。投光器のまばゆい光のなかでアトランは、治安部隊の制服だとわかった。男と女だ。女のほうが先に目の前の人物に気づいて、報告した。

「野次馬のなかに死傷者は出ていません」

「それはブルから聞いて知っている」アルコン人はほほえんだ。「あのなかの上階にだれかいなかったか？」

アトランは破壊された半円形の建物を指さした。

「だれもいなかったようです」男のほうが事務的な調子で説明した。「オフィスだと思われます。働いている者は全員、ハンザ司令部から警告が出たとき、家に帰されたのでしょう」

アトランはうなずいた。

「移動がさかんなこの地域で、全員が家に帰されたとは、それほどすぐに判断できないだろうが、そうあってほしいものだ」

「なにか指示がありますか？」女がたずねた。

「きみたちはどこかに所属しているだろう？」ふたりがしきりにうなずいてみせたとき、アトランはつづけた。「そこへもどって、あらたな指示を待っていなさい」

ふたりの治安部隊員はそこからはなれていった。女がもう一度振りかえって、アトランにほほえんだ。しかし、男のほうは、光るオーラがある不気味な広場をできるかぎり早くはなれること、それ以外になにも考えていないようだ。

そうか。アルコン人はおもしろがって考えた。一万四千歳の者でさえ、まだチャンスはある。ためしにやってみようか。当面ゲシールを忘れるための女性のリストにナロン・ドゥールを入れてみるのはどうだろう。しかし、それを決心するところまでいかなかった。目の前の瓦礫の山が崩れはじめたのだ。

*

ちょうど脇に身をかわそうとしたとき、瓦礫のあいだから顔が突きでてきた。黒い瞳が輝き、陽に焼けた肌をしている。肌はぴんと張り、頬骨ははっきりと前に飛びでている。アトランはかがみこんで、瓦礫を両手でかき分けはじめた。その見知らぬ者も力のかぎりそれを助けた。髪の毛のない頭があらわれた。それから、ぼろぼろの服をまとった、やせたからだが……

アルコン人がやっと脇の下あたりまで引っぱりあげた異様な姿の者は、高さ半メートルほどになった瓦礫の上に倒れこんだ。バランスを失って、骨ばった手でアトランの服にしがみつく。不安げな目がアルコン人を見あげた。

「きみはだれだ?」アトランはたずねた。

「わたしの名前はジューエ・バートル」やせた男は答えた。インターコスモではなく、テラ語を話す。ひどい訛《なま》りがあって、ふだんはまったくべつの言葉を使っていることをうかがわせた。

「なぜ瓦礫の下敷きになった？」アルコン人はきびしい口調でたずねた。

やせた男は振り向いて、建物の崩れおちた壁の上のほうを指さした。

「わたしはその上に住んでいた。物音で驚き、寝ているところを起こされた。あっという間に部屋全体が動きだし、わたしは瓦礫といっしょに下に滑っていった。長いあいだ、意識を失っていたが、いま……」男の頭があちこちに動いた。「……また気がついた」

アトランは建物の壁を見あげた。崩れたところのいちばん下端でも広場から六十メートルの高さがある。そこから落ちて、こんなか細い者が生きのびられるだろうか？　けがをしているようすはない。すこしぼんやりとしているようだが……

「ジューエ・バートル、きみのいうことはまったく信じられない」アトランはいった。

男の顔から友好的なほほえみが消えた。明らかに純粋なモンゴル人だ。この辺ではそれほどめずらしいことではない。集約的な世界統一から二千年たってさえ、驚いたことに、独自な事物が数多くまだのこっている。

「あなたはわたしの誇りを傷つけた」ジューエ・バートルはひどく怒った顔つきで訴えた。

「すまない、そういうつもりではなかった」アルコン人はいった。「しかし、どうやったら信じられるのだ？　あんな高さから落ちて無傷でいるなど、ありえない」

「シャーマンの息子にとってはすべてが可能なのだ」ジューエ・バートルは厳粛な面持ちで説明する。

アトランはその話に乗らなかった。今日《こんにち》にいたるまで人間はさまざまな迷信を信じている。謎の神秘的な力に対する信仰は社会や個人の生活に影響し、啓蒙によってさえ排除できない。自然のすべての秘密を解き明かすことはけっしてできないという、人々の心の奥底に住む確信の表現なのだ。人がいかに知識をひろげても、どうしてもわからないことがのこる。この年とったモンゴル人がシャーマンの息子で、驚くべき力を持っているというのなら、いわせておけばいい。嘘をついているかどうかたしかめる方法はいくつもある。

「失礼なことをしたのならば、許してくれ」アトランはいった。

ジューエ・バートルは聞いていないようだった。その目はドームに向けられている。ドームは焼け焦げた広場のまんなかにあって、淡紅色の放射が街灯の光とまじっていた。

「あれはなんだ？」バートルはたずねた。

「ポルレイターの集合体オーラだ」アルコン人は答えた。「聞いたことがあるか？」

モンゴル人はしきりとうなずいた。

「ある。ポルレイターは苦しんでいる者たちだ。わたしはかれらを知っている。みずからの傲慢さでああなった。同情に値《あた》いする。しかし、心配することはない。シャーマンの力で助けることができる」

アトランは相手をまじまじと見つめた。よりにもよって自分を才能のある心理学者だと思っている、ちょっと頭のおかしな男と関わることになるとは。ジューエ・バートルが歩きだしたので、アトランはあとをついていった。しかし、公園のまわりをとりまいている広場に沿ってはしっている通りをわたろうとしたとき、アトランは男をとめた。

「そんなに急いではいけない。オーラは危険だ。きみがポルレイターを助けられるのだとしても、まずは準備をしなければ。いっしょにやろうではないか。われわれがオーラについて知っていることを話そう」

気がつくと、マレク・ハッサンとナロン・ドゥールもグライダーから降りてきていた。道路のはしの地面にすわり、黙って向こう側の奇妙な光るものを見つめている。そのなかには動かずに同じ姿勢をとりつづけるポルレイターの姿があった。

アトランはバートルをふたりに紹介し、オーラについて説明するようナロンにたのんだ。そのあいだにマレク・ハッサンを脇に連れだし、

「あの男は壊れた建物の上から落ちたといっている」と、説明した。

「とても信じられないですね」ハッサンは小声でいい、疑わしげな笑みを浮かべた。

「まだ使える建物の入口があるかどうか、見てくれないか」アルコン人はつづけた。「その上のどこかにあの男の部屋があるという。それが本当かどうか知りたいのだ」

ハッサンは目をまるくしてアトランを見つめた。

「あのモンゴル人が住んでいた部屋かどうか、見てわかるんですか？」

「バートルをじっくり観察してみろ」と、アトラン。「その住まいが、あの男自身よりまともだと思うか？」

＊

「だから、オーラには慎重に近づかなければならないの」ナロン・ドゥールはいった。「まず、プシオン・エネルギーからできているわ。公園の樹木やあの建物を見ればわかるように、破壊力があるのよ。それに、人間の頭も混乱させる恐れがある」

ジューエ・バートルはじっと考えていたが、やがてうなずいた。謎を秘めた笑みが見えかくれする。

「それでも、思いきって行ってみる」バートルはいった。「苦しんでいる者は、好奇心から近づく者と、なぐさめをあたえる者を区別できる。もし、わたしがたんに……」

そこで目をあげた。マレク・ハッサンが東から近づいてきたのだ。モンゴル人の冒険話を調べるために出かけていたことがわからないよう、まわり道をしていた。アトランが立ちあがって、科学者のほうに歩いていく。

「信じられないが、あの男は本当のことを話していますよ」ハッサンは小声でいった。「部屋があって、そのなかは人類学博物館のようでした。ここに持ってきたものがあります」

ハッサンは向きを変えた。上着のポケットのなかからなにを出したか、ジューエ・バートルからは見えない。それは長さ十センチメートルの細いシリンダーで、なかは空洞だが、一つの回転軸で固定されていて、まわすことができる。回転軸の下端が持ち手にもなっていた。

「これがなんだかわかったら、悪魔にさらわれたっていい！」ハッサンはつぶやきながらつづけた。「ところで、その部屋はうしろ半分だけがまだのこっています。前半分はファサードとともに崩れおちたにちがいありません」

ジューエ・バートルはふたりの男から一瞬たりとも目をはなさずにいた。立ちあがると、ふたりに近づく。マレク・ハッサンはすばやく向きを変えて、奇妙な発見物を背中にかくした。

「自分の関わった人間がわたしに信頼をよせてないとしたら、シャーマンの息子は悲しい」モンゴル人は真顔でいった。「あなたがたは、わたしがあんな高いところから墜落したはずはないと思っている。調べにいって、いったいなにを見つけた、大男よ？」

マレク・ハッサンの顔はこの瞬間、惚《ほう》けたようになった。

「わたしは……その……つまり……」

「恥ずかしくて、舌がまわらなくなったか」ジューエ・バートルはからかった。「恐れることはない、友よ。話さなければならないことをおちついて話せ」

「すべて、あんたが話したとおりだった」ハッサンは言葉を押しだすようにいった。

「あんたは真実を語っていた」

「まるで信じていなかったような口ぶりだな」モンゴル人はいった。「いま、ちょうどその女性に、必要な装置のことを話そうとしたところだ。苦しんでいる者たちをなぐさめたければ、それが必要になる。きみはわたしのクルドゥを持ってきてはいないだろうね？」

「あんたのなにを？」ハッサンはたずねて、アルコン人に助けをもとめるような視線を向けた。

「マニ車だ」アトランは翻訳した。「かれにそれをわたしなさい」

＊

その晩、マレク・ハッサンは数時間で複雑な装置を組み立てた。グライダーののこりの乗員はその手伝いをした。どこまで近づけるかたしかめるために、ハッサンは光るドームへ歩みよった。はじめは足早に、やがて歩みは遅くなっていった。しかし、突然、向きを変えてもどってきた。そのあわて方は逃げだしたとしかいいようがない。

「かなりの不快感です」ハッサンは困ったような笑みを浮かべて説明した。「最初に髪の毛が逆立ち、それから肌をつつかれる感じがして、最後には高圧電流に触れたような気分になりました」おや指で肩の向こう側を指さす。「三十メートル以上は近づくべきではありません」

装置の設置がはじまった。これを使って集合体オーラのエネルギー構造を細かく調べ、エネルギーの盾をとりのぞく方法のヒントになるようなものを探すのだ。個々のカルデク・オーラの構成に関するいくつかの知識はすでにあった。しかし、ポルレイター二千九名すべてのカルデクの盾でつくられた集合体オーラはさらなる構成要素を持っており、分析を必要とすることがはっきりしていた。

フィールド・エネルギーのテスト装置から数メートルはなれたところで、ナロン・ドゥールと助手たちが独自の実験の準備をしていた。どうやったら音響性エネルギーを……かんたんにいえば音を……オーラの内部へ入れられるか、その可能性を探るものだ。成功すれば、ポルレイターをトランス状態から覚醒させ、強者の言語で話しかけることができる。ナロンの実験は基本的にハッサンのものよりもかんたんだったが、フィールド・エネルギー専門家と同じように熱心に、助手と作業にとりくんでいた。

ジューエ・バートルはドームを近くからよく見たいと、アトランに許可をもとめた。

「許可できない」アルコン人の答えだった。「そこがどのような状況か聞いただろう」

「シャーマンの息子が恐れるような危険はこの世にはない」ジューエ・バートルは誇らしげに説明した。「目に見えない者の力が味方になっている」

アトランはそっとほほえみ、いった。

「友よ、きみは頑固な科学者たちの一団を相手にしているのだ。それに慣れるしかないだろう。だれも超自然的な力を信じていない。ドームに近づくことは、だれにとっても危険なのだ。だから、わたしは許可しない」

年とったモンゴル人の目を見て、アトランはなぜかおちつかなくなった。なぜだ？表面上はおさえているが、実際は理解の限界をはるかにこえるものを拒否したいのか？バートルのヒュプノ的な力によるものか？わからない。アトランはマレク・ハッサンとその準備作業を見守るふりをした。バートルの燃えるような視線を避けるためだけに……

「そのうちわかるだろう」ジューエ・バートルはいった。「あなたたちは不信心者だ。いつの日か、輝くドームのなかで同じように苦しむはめになる」

バートルは背を向けて、寡黙になった。グライダーから十メートルはなれると、地面にしゃがみこみ、監視するようにオーラのまわりの動きを見つめる。アトランの腕のマイクロカムが大きな通知音を出した。スイッチを入れると、すぐにペリー・ローダンの声が聞こえた。

「水晶王子のご機嫌はいかがですか？」

アトランは顔をしかめた。

「心配ごとはあるが、それ以外は気分がいい」いつもの軽い、ほんのすこし冷やかすように答えた。状況が違っていれば、自然にそんな調子だっただろう。しかし、いまは無理をしていた。「おかえり、テラの蛮人。わたしのグライダーに場所をうつして、話をしよう。それならば、すくなくともおたがいに目を見て話ができる」

アトランは答えを待たずに、マイクロカムのスイッチを切ると、グライダーに入っていった。すぐに目の前のラジオカム・スクリーンに友の顔があらわれた。

「コスモクラートのリングを持ってきたのだな」アトランは話をはじめた。

ローダンはうなずいた。

「持ってきました。十五分もあれば、レトス＝テラクドシャンの期待したような効果が謎のリングにあるかどうか、調べられます」

「リングがあってもどうにもならないだろう」アルコン人は答えた。「すくなくとも、状況が変わらないかぎり」

「ブリーから聞きました。ポルレイターは意識がないのですか？」

「意識がないか、無気力なのか。どういうわけか話しかけられない。コスモクラートのリングのことも、そもそも認識できないだろう」

ローダンはもう一度うなずいた。

「あなたには自分なりの計画があるのですか？」

「なにかを達成しようとするなら、まずポルレイターの目をさますべきだ」アトランは腹だたしげにいった。「わたしのところに異生物心理学者がいる。ナロン・デュールという女性で、専門にそった実験の準備をしている」

「ティフがその女性のことを話していました。有能だそうです。それでは、わたしがそれほどいそいでそちらに行かなくてもかまいませんね」

アトランはふと考えた。賢いな、テラナー。たったひとつのまずい言葉を口にすれば、われわれの友情にひびが入っていることがみなにすぐわかるだろうから。

「誤解しているようだが」アトランは答えた。「わたしはきみの助言や助けを必要としている。ただ、いまはコスモクラートのリングがあっても、どうしようもないと思うのだ」

ローダンの顔に奇妙なほほえみが浮かんで消えた。

「わかりました」テラナーはいった。「行くときは事前に連絡します。あなたにはすることが山ほどあるのはわかっていますが、時間があいて《バジス》での遠征のことが知りたくなったら、ハンザ・チャンネルの十五番を呼びだしてください。わたしの報告が入っています」

アルコン人は受信機の前にしばらくすわったままでいた。映像はとっくに消えていたが、不機嫌な顔で前をじっと見つめる。相手がなにか気づいたのはたしかだ。《バジス》は六千万光年の距離を旅して、ペリー・ローダンはコスモクラートのリングを持ってきた。さらに、フロストルービンのより重要な情報も手にいれたにちがいない。そのような重要なことにひと言も触れずにいるのは、ふつうはありえない。ゲシールのことをたずねないようにするのに必死で、あたりまえのことを見おとしていた。

まあいい。ペリーはこちらがどう感じているかわかっている。それがどうしたというのか？　重要なのは、自分の責任をなおざりにしないことだ。ポルレイターが極度の無気力状態にあるかぎり、コスモクラートのリングでなにをしてもむだだというのは、けっして嘘ではない。誘導尋問に引っかかってしまったとはいえ、ここではペリー・ローダンはまだ必要ではないのだ。だが、本当にそうなのか？　それとも、わたしはただ、友が自分よりも早く成果をあげることを恐れているのか？　違う、そのようなものではない。自分の決断には異論の余地がない。より重大な全体の安全を、ちょっとした仲たがいでおろそかにしたと非難する者など、だれもいないだろう。

アトランは開いているハッチを抜けて外に出た。

もし本当にそうならば、どうしてこんなに自分がみじめに思えるのだろう？

＊

テラナーの手で解放されたとき、ポルレイターたちは過去二百二十万年間の苦痛と耐えがたい孤独感をたちどころに忘れた。コスモクラートが、間違った道を進んでいる超越知性体セト＝アポフィスを平定するよう呼びかけたことを知ったからだ。やがて、最初からかれらの克服できない性質、つまり傲慢さが顕著になった。ポルレイターにとっては、みずからの存在を絶望視している超越存在の破壊的な力から宇宙を守る任務が、ほかの者に託されることは考えられなかった。さらに、コスモクラートの指名を受けたのがたったふたりの深淵の騎士だと聞いたとき、自分たちをあざむくためのふざけた茶番劇だと思った。そのふたりは、自分たちが惑星クーラトから撤退したとき、まだ子供どころか、いまある生物としてのかたちすら持っていない種族だったのだ。その子孫が、どうやってそのような任務をはたせるというのだろうか？

テラナーの騎士ふたりの使命は超越知性体セト＝アポフィスを平定することだけだというが、そんな発言を真《ま》に受けることはできないと、ポルレイターたちは最初から思っていた。いや、全員がそう思っていたわけではない。たとえばクリンヴァンス＝オソ＝メグとその支持者は、テラナーにまずは感謝しなければならないという意見だった。宇宙の現状を知らないのだから、その発言を疑ってはいけない、と。

そうした意見は、クリンヴァンス＝オソ＝メグの死とともに消えた。責任はだれにあるのか？　ラフサテル＝コロ＝ソスは新モラガン・ポルドでの出来ごとを思いだし、強い自責の念に襲われた。オソは夢みる空想家で、ポルレイター種族の真の使命を忘れた一匹狼……その汚名を着せたままにした張本人は、自分なのだ。これがうまくいき、はじめクリンヴァンス＝オソ＝メグの意見に耳をかたむけていた者たちは、次々とこちらの陣営に寝がえった。ポルレイターが休養後により高い存在形態へ向かうという計画に、オソははじめから反対だったことを、突然、全員が思いだした。ラフサテル＝コロ＝ソスにとって、オソに敗北主義者、まさに裏切り者としての烙印《らくいん》を押すのは、かんたんだった。

ああ、とんでもないことをしてしまった！

あわててべつのことを考えた。クリンヴァンス＝オソ＝メグについて思いだすと、いまだに恥ずかしく、苦しくなる。ポルレイターの現状を正しく判断できた唯一の存在に、自分はひどいことをしたのだから。

ポルレイターたちはテラナーを無理やり押さえこんだ。テラに着陸し、自由テラナー連盟、宇宙ハンザ、GAVÖKという権力構造を支配下におさめた。さらに、敵の超越知性体セト＝アポフィスの干渉に対抗するには、自分たちのやり方で攻撃する……LF

T、宇宙ハンザ、GAVÖKの全艦船を集めて強力な艦隊をつくる……以外に効果的な手段は存在しないという結論に達した。

計画は拡大していったが、実行にはいたらなかった。ヴェガ宙域で事故が起こったのだ。ポルレイターの武器である手袋がポルレイター二名に向かってきて、もうすこしで打ち負かすところだったのだが、そうした混乱のなかでリヴワペル＝イルトゥ＝リングスが命を失った。その同行者ワイコラ＝ノノ＝オルスは、あやうくカルデクの盾を他者の殺傷のために使いそうになった。

その瞬間、ポルレイター全員は目が開いた。突然、自分たちが間違った道を歩んでいることを知ったのだ。みずからの傲慢さが生んだ幻想のなかで生きていた。自分たちをかけがえのない存在だと思っていたが、実際にはだれにも必要とされていなかった。コスモクラートにさえも……

そのショックは恐ろしいものだった。全員、ラフサテル＝コロ＝ソスに注目した。自分たちの正しい道をふたたび見つける決心をするものと期待していたのだ。だが、コロには、関連性のあるたったふたつのことを考えるのもむずかしかった。たとえポルレイターたちからリーダーだとみなされていても、ほかの者と変わらない。自分もカタストロフィのせいで、みなと同様に意識が混乱していたのだ。

ラフサテル＝コロ＝ソスはポルレイターたちをそれぞれの持ち場から撤退させ、テラの衛星ルナに呼び集めた。自分だけで決断したくなかった。いまから起こることは、全員の同意にもとづかなければならない。宇宙の番人を自負する太古の種族にふさわしく、おちついて威厳をもって合意に達することを望んだ。

しかし、ショックの後遺症は悪夢かと思うほどひどいものだった。クムラン＝フェイド＝ポグが立ちあがり、こう述べた……ポルレイター種族はその傲慢さと罪業と理解力のなさにより、これからのち存在する権利を失った。みずからの思いあがりが原因となったジレンマから名誉ある撤退をする方法は、ただひとつだけしかない。つまり、生きることをやめるのだ、と。

フェイドのばかげた理論を耳にして、ラフサテル＝コロ＝ソスはかすれた笑い声をあげたが、すぐに口を閉じた。多数がクムラン＝フェイド＝ポグと同じ意見だと気づいたからだ。それに激怒し、荒れ狂い、さんざん仲間をどなりつけて、持論をはっきりといった。ポルレイターは全員、いきすぎた情動によっておたがいを苦しめ合うばか者だと。

その結果、さらに多くの者がフェイドの側に転じた。このとき、意義ある未来を信じているのは、二千余名いるうちの四百名だけだった。

あっさりあきらめれば、かんたんだったのかもしれない。クムラン＝フェイド＝ポグはすばやくて痛みもない死を約束した。のちの名声は死によってもたらされる、宇宙はポルレイターがみずからの過ちを償うにたる誇り高き種族であったことを認めるだろう、と。しかし、それがなんになるのだ？　もし、過去の過ちを清算する、はるかに建設的な方法があるとすれば？

ラフサテル＝コロ＝ソスはフェイドの意見で明らかになった悲観主義的なおろかさと戦うことを決心した。自分自身も過去にしばしば過ちをおかした。ルルドヴァン＝ジェロ＝ラッツの理論を熱狂的に指示し、ポルレイターを二百万年以上の長きにわたって幽閉状態におく計画の実行に賛成した。また、最近はクリンヴァンス＝オソ＝メグを仲間の面前で笑いものにして、とうとう……

考えるのをやめた。突きつめて考えると、意識に耐えがたい痛みをあたえるところまでいってしまう。

どうであろうと、今回は自分が正しい。集団自殺は弱虫のとる逃げ道だ。ポルレイターには存在する権利だけでなく、義務もあるはず。その意味において、クムラン＝フェイド＝ポグが絶望的計画を話題にしたときは、いつでも反対の声をあげよう。

自分が勝つか……あるいは、フェイドのばかげた計画が実現して全員が屈辱的な死に方をするかだ。

3

「もっと慎重な表現もできるかもしれませんが」レジナルド・ブルはいった。厄介な話題をどうやって口にするか、自分のなかで何度も考えたすえのことだ。「もっとも古い友としていいましょう。あなたとアトランのあいだに恋敵《こいがたき》のにおいがしますぜ」

ペリー・ローダンは驚いてブルを見て、それから大笑いをした。

「恋敵か！ その言葉を最後に耳にしてから、どのくらいたつだろう」しかし、すぐに真顔で相手を見つめ、質問した。「どうしてそんなことをいうのだ？」

ブルは困ったように手を振った。

「いいですか。あなたがそのことを話したくなければ、そういえばいい。つまらない質問をしないでください。あなたがたの話が聞こえたんですよ。ほかにどうすればよかったんです？ あれは、数週間も会わなかった親友同士の会話ではなかった」

ペリー・ローダンは真剣にうなずいた。

「きみのいうとおりだ」

たったそれだけだった。レジナルド・ブルはあっけにとられてローダンを見つめた。

「わたしのいうとおりですと？」しばらくして、突然、笑いだす。「そりゃ、そのとおりでしょう。古いいい方をしてよければ、目の見えない者は杖で感じる、そういうことです。しかし、ほかにいうことはないんですかい？」

ローダンの目がいぶかしげになった。

「細かいことを知りたいのか？　いいだろう。ゲシールのことだ。彼女からは、わたしもアトランも抵抗できないような一種のオーラが出ている。《ソル》の船内にアトランだけだったときは、彼女のお気にいりはアトランだった。だが、M‐3への遠征後にわれわれが《ソル》で出会ったとき、ゲシールの興味は……」

ブルの顔にあらわれた訳知り顔の笑みが、しだいにあからさまになっていく。やがてローダンは話を中断し、いらだちをこめていった。

「なにがいいたい？」

「主婦向けの午後のメロドラマはまっぴらですよ。あなたがたふたりのゲシールをめぐる争いはわかっています。男はだれでもあの女性に一瞬にして魅了される。しかし、わたしはそのことをきいているのではありません。われわれは危機に瀕している。トップふたりが仲たがいをしていて、どうやってそれを乗りこえるんですか？」

ローダンはびっくりしたようだった。数秒後にやっと答えた。

「アトランとわたしのあいだになにがあったとしても、使命をはたす能力は損なわれていない。決断しなければならないことを決断する。危機の克服に必要とされるかぎり、いっしょに働く。われわれの信頼性を疑う理由も権利も、だれにもない」

反応ははげしかった。図星だったとみえる。ブルはなだめるように手をあげた。

「だれも疑ってなどいません。ただ、きいただけです。だれかがこのことをとりあげなくてはならないので」

ローダンは考えこみながら、ブルを不安げに見つめた。

「懸念があるのか？」短くたずねた。

レジナルド・ブルは手を振って否定した。

「そういう表現はしたくありません。これについてはふたつの見方があると思っています。ゲシールを見たことがある者は、あなたとアトランとの兄弟喧嘩のようなものだと理解する。しかし、ゲシールの視点からは？」

「どういうことだ？」

「彼女は自分自身の目的を追っている。自分のまわりで直接くりひろげられていることに、そもそも気づいていないようです。しかし、本当にそうなのか？　テラが危機に瀕しているのに、本当に気づいていないのでしょうか？　もし気づいているのなら、媚《こび》を売るのをほんのすこし遠慮するべきでしょう……すくなくとも、われわれが危険を回避するまでは」

「なにをいいたいのかわからない」ローダンはかぶりを振った。

「いや、そんなことはないはずです。あなたはわかっている！」ブルは高飛車に出た。

「ゲシールにとても好意的な者でさえ、彼女をひどいエゴイストと呼ばずにはいられないでしょう。好意的でない者なら、たぶんまったくべつの呼び名をつけますな」

「どんな？」ローダンはたずねた。

「悪の権化《ごんげ》ですよ」

＊

ふたつの影が夜の暗闇からあらわれた。ひとつは大きく、ひとつはちいさい。褐色の毛が、グライダーのまわりにならんだ照明のなかで鈍く光っている。ネズミ＝ビーバーの大きな荷物が地面に滑りおちた。いいかげんにつつんであったので、ヘルメットのようなものがなかから転がりでてきた。

「あんたに持ってきたものがあるんだよ」グッキーはいった。「この反プシ・ヘルメットをかぶれば、部下たちはオーラのドームに近づけると思う」

アトランはうなずいて感謝をしめし、視線をフェルマー・ロイドに向けた。ちょうど再実体化したところで、立ち姿のまま硬直したように見える。フェルマーは顎をすこし上に向けて、独特の表情で暗闇のほうを見た。そこになにか驚くべき発見を期待しているかのようだ。

「まったく、なんという苦しみだろう」テレパスはつぶやいた。

道のはしにいたジューエ・バートルが新参者ふたりに気づいて、こちらにやってきた。ミュータントの言葉を聞いたのだ。

「あなたもやはりそれを感じたのだな？」

フェルマー・ロイドはバートルを驚いて見つめた。

「シャーマンの息子だ」アトランは紹介した。「ジューエ・バートルという。ポルレイターを〝苦しんでいる者〟と呼び、かれらを助けることができると信じている」

フェルマー・ロイドが答えるまでに数秒間かかった。

「この男は頭がおかしいのではありません」ロイドはアルコン語でいった。「意識を探ってみました。バートルはミュータントではないが、はっきりとしたプシオン性の潜在能力を持っています。この男があなたにポルレイターについて語ったことは正しい。向こうのドームのなかにいる者たちは非常に苦痛を感じています。絶望し、自分たちの苦しみをもう終わりにしようと、かたく決心しているんです」

「自殺ということか？」

「あの感情はそうとしかいえません」

ジューエ・バートルの目が奇妙に光った。

「ああ、あなたがたの考えていることがわかった」甲高く、突きとおるような声だ。「わたしの知らない言葉でしゃべっているから、理解はできないが、わたしのいったことを正しいと認めざるをえなかったのだろう？　あのなかにいるのは苦しんでいる者たちだ！　わたしはかれらを助けることができる。なぜ、そのじゃまをするのか？」

フェルマー・ロイドはモンゴル人のほうを向いた。その視線は鋭かった。

「どうやって助けるんだ？」

「かれらの魂を解放する。そうすれば、とっくに決断していたことを実行できる」

「命を終わりにするよう、駆りたてるのか？」

ジューエ・バートルは腕を大きくひろげた。

「いったい命とはなんだ？　われわれはみな、死ななければ生まれ変われない。どんな死も、どんな再生も、われわれを目標に一歩近づける」

ミュータントはアルコン人を見つめた。

「東洋的宗教哲学の原理にしたがうか、したがわないかは、あなたにおまかせします」

フェルマー・ロイドはジューエ・バートルも理解できるよう、テラ語を使った。「しかし、光を発する監獄から、ポルレイターをせめて数名でも生きたまま救いだそうと思うなら、その男は危険です」

モンゴル人の目に怒りの炎が燃えたようだった。しかし、アトランが見ると、視線を落とした。

「ポルレイターを生かしておくことは、すべての人類にとって重要だ」アルコン人の声には強くきびしい響きがあった。その威力からジュー エ・バートルは逃れることができない。「ポルレイターたちが完全無欠の状態に近づくために死と転生を経験するというのなら、あとですればいい。われわれはかれらの命を守る。誤った考えに導かれ、自分たちの役目を過大評価したことに苦しんでいるとはいえ、以前と同じように重要な存在なのだ。ポルレイターは生きねばならない！」

ジューエ・バートルは宣誓するときのように両手をあげて、

「あなたは聖なる状態に異議を唱えている！」と、抗議した。

「わたしはきみの宗教の信者じゃない」アルコン人は冷たく答えた。「光を発するドームに百メートル以上近づいたら、きみを拘束する」

＊

「絶望だけではない」フェルマー・ロイドはいった。「もうひとつ、それよりもすこし弱いがなにかを感じて、混乱している」

ロイドはイルトを見つめた。グッキーは賛成するようにうなずいている。

「なかでだれかが怒りを感じているんだ」フェルマー・ロイドはつづけた。「もちろん人間とポルレイターのメンタリティを比べることはむずかしい。しかし、かれらは一方で絶望して自殺の準備をし、一方で怒りを感じている。これをどう説明すればいいのだ？」

マレク・ハッサンとナロン・ドゥールが作業部隊をはなれて、こちらに近づいてきた。街灯はまばゆい光をひろげている。それでも、グライダーの位置や科学者たちがテストをしているところには、予備の投光器がならんでいた。

「そういう観察はもしかしたら意味がないかもしれません」ナロンはいった。「あなた自身、ポルレイターのメンタリティは人間とは違うといいました。怒りと絶望を同時に感じるのは、あたりまえなのかもしれない。また、光を発するドーム内にふたつの違ったグループがいる可能性もあります。一方は基本的に絶望していて、もう一方は怒っている。もし、その仮説が正しければ、怒っているグループは絶望しているグループよりも、明らかに数か精神力のうえで劣っているのでしょう。でも、ふたつの可能性のどちらが事実に近いかわかったとしても、すこしも前に進まない。それより、わたしはまったくべつのことに興味を引かれます。ポルレイターがルナをはなれてテラにくる前に、宇宙ハンザの男女技術者がギッブス・クレーターのあたりで奇妙な経験をしました。ふたりは当時まだそのあたりを目的もなく移動していたカルデク・オーラに、数メートルまで近づいたそうです。リジダーズという名の男性にはまったく影響がなく、ルンドという女性のほうはオーラと精神的な接触を持った可能性がある。でも、すこしのあいだ意識を失ったほかは、なんともありませんでした」

「なにがいいたいんだ、ナロン？」マレク・ハッサンはたずねた。

女異生物心理学者は大きな口に皮肉な笑みを浮かべた。

「あなたもリジダーズとルンドと同じ距離までオーラに近づいてみれば、わかるわよ」

「そりゃだめだね」グッキーが女心理学者の言葉をさえぎった。

「なぜ、だめなんですか？　聞きたいわ」

「それは当然の質問だ」アトランは女心理学者の肩を持った。

一瞬、あたりを沈黙が支配した。それから、フェルマー・ロイドがいった。

「オーラの強さがルナを出発したときから変わったとしか考えられない。いまのオーラは当時よりも危険だ」

「どうしてですか？」ナロン・デュールはたずねた。

「ポルレイターがオーラを操作してるんだよ」グッキーが口をはさんだ。「なかば死んでいるようにこっちには見えるかもしんないけど、ポルレイターの意識がカルデクの盾のメカニズムに影響をあたえているんだ。それで、集合体オーラの構造が決まる」

「いいかえれば」ナロンはいった。「時間がたてばそれだけ、ポルレイターはますますかたくなになり、だれも近づけないようになるのですね」

「そういうこと」

「よろこばしいと思いませんか？」ナロンは苦笑した。「こっちはさんざん苦労しているのに、一秒ごとに成功の見通しはわずかになっていくんだから」

「さ、せいぜい苦労しよう」アルコン人はいった。「準備はどうなっているのだ？」

「こちらは絶望的なくらいお粗末ですが」ナロンはいった。「広場のまわりに音響受信装置を設置しました。コード発信機を作動させれば、そこから音が出てくるはずです。オーラに遮断されなければ」

「つまり、なんとかなるのだな？」

ナロンはうなずいた。

「音響エネルギーがなかに入りはするけれど出てこない、という理論が持ちだされるならば、話はべつですが」

「マレク、きみのほうは？」

フィールド・エネルギー専門家は両手をあげて、わからないとしぐさで答えた。

「もし時間が数カ月あったら、フィールド構造の策略を見抜けるかもしれません。しかし、これほど短い時間では、奇蹟でも起きないかぎり無理でしょう。かんたんにいうと、われわれはプシオン・エネルギーについて、あまりにも知らないのです」

アトランはまわりを見まわして、

「つまり……べつの方法を考えるしかないということだ。どうにもならないとわかっていて努力しても、時間のむだだから」そういうと、グッキーがテレポーテーションで持ってきたヘルメットを指さした。「これはなんの役にたつのだ？」

「昔、心理的影響を防御するために使われたものと、似たような構造にもとづいてるんだって」イルトは答えた。「集合体オーラがどんなふうに機能してるかわかんないから、保証はないけどね。テストしてもいいけど、慎重にやれってさ」

アルコン人は腹だたしげにうなずいた。

「つまらない助言には困らないらしいな。いいだろう、慎重にやろう……わたしが」

ミュータントふたりだけでなく、マレク・ハッサンとナロン・ドゥールも反対したが、アトランは計画をあきらめなかった。

「ジューエ・バートルはどこにいるんだ？」そういって、議論を終わりにした。

全員、まわりを見まわした。モンゴル人は姿を消していた。

「フェルマー、グッキー、なにかわからないか？」

ネズミ＝ビーバーはかぶりを振った。

「なんにも聞こえないよ」

フェルマー・ロイドも同様だった。

「注意をおこたらないように」アルコン人は注意した。「あの男がポルレイターに早く涅槃《ねはん》へ行くように働きかけたら、大変だ」

＊

アトランは十歩進んで立ちどまり、耳を澄ませた。すみずみまで街灯に明るく照らされている広場は不気味なほどしずかだった。遠くの通りからくぐもった音が聞こえてくる。人類の首都には昼も夜もない。

心の声を聞こうと耳をそばだてた。ポルレイターの謎めいたオーラの力がすでに影響をおよぼしているか、突きとめようとしたのだ。なにも感じない。光るフィールドの内部にポルレイターが見える。その活動体は動かない。恐ろしい考えが突然、頭に浮かんだ。もしぜんぶ死んでいたらどうする？

ばかな！　集合体オーラはポルレイターがつけている銀色のベルトの装置から発生する。一方、装置はこれを制御している意識との調和によってのみ機能する。ベルトをつけている者が意識を失うと、自動的にすぐにスイッチが切れるのだ。ポルレイターは生きている。身動きもしない無気力なようすは、内面を満たしている絶望となにか関係があるにちがいない。これから未来永劫、この状態のままでいるのだろうか。それとも、これはたんに嵐の前のしずけさなのだろうか。グッキーとフェルマー・ロイドの意見によれば、異生物たちが実行しようとしている集団自殺の前兆なのか。

もう十歩進んで、ふたたび立ちどまった。いつのまにか、マレク・ハッサンが引きかえした境界をこえている。振りかえり、こちらのようすを緊張して見守っている友たちに自信たっぷりのしぐさをしてみせた。ヘルメットはかぶっているのをほとんど感じなかった。羽のように軽いが、オーラの超心理的な力に対する防御手段としては、当てになりそうだ。

今回、アトランは先に進む前にしっかりと二分間待った。意識のなかで、自分自身の混乱した考え以外になにも起こらないことをたしかめたかった。ヘルメットが完全に防御してくれると、いまではほぼ確信している。休憩はそこまでにした。集合体オーラのかすかに光る壁の前にあと五歩まで近づいて、またとまる。

腕をひろげて、淡紅色の光のなかで手をじっと見た。透けて見える。血管がいくつにも枝分かれし、からみ合っている。透明な肌を通して骨が見えた。

ある動きが注意を引いて、目をあげた。光るドームの内部のようすが変わっていたのだ。ポルレイターの一体がオーラの壁に浮遊してくる。動きを自分で制御できないらしい。ほかの者と次々にぶつかり、その衝撃の一部がゆっくりとした動きをつくりだした。オーラの内部がしだいにまわりだし、押し流されるようなポルレイターの動きでいっぱいになる。最初にトランス状態から目ざめたポルレイターは、ドームの壁近くにとどまっていた。ぜんぶで八個、円形にならんだ動かない目で、オーラの光るバリアから数歩はなれたところに立つアトランを見つめている。不思議な感情がアルコン人に流れこんできた。このポルレイターは自分と話したいのだろうか？

挨拶のように手をあげてみた。こちらを向いているその生物は反応しない。ポルレイターのアンドロイド活動体は、ひとつのこらず同じ鋳型からできていて、外見はまったく同じだ。二千九名のうちのだれが目の前にいるのか、アトランにはわからなかった。

相手はこちらの考えを読んだようだ。ゆっくりと背を向ける。甲殻類のようなからだの背中には甲皮がある。おたがいを見分けるのに、自分たちも外部の者と同じように苦労しているので、背中にちいさなネームプレートをつけているのだ。それを見て、アトランはかたまったようになった。

ラフサテル＝コロ＝ソス！

それが合図になったのだろうか。ほとんど同時に、意識のなかでメンタル・インパルスが猛烈な勢いで爆発した。

〝助けてくれ！〟

アトランはよろめいた。そのインパルスに内在するエネルギーは、メンタル安定化処置を施していない者ならその場で卒倒するほどだった。アトランはなんとか心のバランスをとろうとした。

「われわれ、あなたたちを助けるためにきた！」大きな声で叫んだのか、それとも考えただけなのかはわからない。「どうすればいい……」

〝裏切り者のいうことを聞くな！〟

この思考も理解できた。しかし、そこに内在する力は非常に強力で、メンタル安定化の壁を打ち破り、直接、頭のなかに発射されたようだった。アトランは倒れこんだ。まわりの世界は、この世のものとは思えないような炎の海のなかに消えた。グッキーがすばやくテレポーテーションして、危険な場所から救いだしてくれたことも、もはや感じなかった。

＊

「たしかにわれわれはまちがっていた」ラフサテル＝コロ＝ソスは当時そういった。クムラン＝フェイド＝ポグのばかげた計画が明らかになってすぐのことだ。「しかし、自殺は償いにならない。それは臆病以外のなにものでもない。自分たちの弱さに目をつぶっているのだ。死はわれわれに苦痛をあたえない。われわれはもっとも楽な逃げ道を選んでいる」

コロは慣れた光景のなかで話していた。アンドロイド活動体の目は閉じることができないのだが、それはたいした問題ではない。不信感に満ちた、やがてあざけるような声が大きくなっていったのだ。

「それじゃ、ほかにどんな提案があるんだ？」

「ほかにどうやって、償いをすればいいのか？」

「おい、みんなコロのいうことをよく聞いてみろ！　フェイドの計画は正しい。コロは自分の地位を失いたくないのだ。リーダーにとどまりたいんだろう」

「はじめから信じるべきではなかったのかもしれない。かれがクリンヴァンス＝オソ＝メグになにをしたか、思いだしてみろ」

心の痛みよりも驚きのほうが大きかった。これが、かつてコスモクラートによって選ばれたポルレイターなのか？　宇宙でもっとも成長し、文明化していた生物なのか？　客観的な論拠のかわりに痛烈な嘲笑を向けてくるとは。理解はできた。ヴェガ宙域で起こったことがショックだったのだ。みな自信を失って、心がぐらついている。礼節を重んじる外観がぱっくりと裂けて、精神の均衡を失い堕落した生物があらわれていた。

クムラン＝フェイド＝ポグはこの場をなんとかしようと思ったようだ。それは認めなければならない。

「ひどいことをいってはならぬ」フェイドはいった。「話を最後まで聞け。ほかにどんな解決を提案するのだ、コロ？」

「解決ではなく、ただの行動方法にすぎない」コロは答えた。「まずは、テラナーたちと相談しなければならない。そのなかにふたり、深淵の騎士の監視騎士団に属する者がいる。われわれが敬意を持つのにふさわしい相手だ。コスモクラートの命を受けているからだ」

「ほら、聞け、聞け！」いくつかのあざけるような声がした。

「それで？」フェイドはたずねた。

「テラナーが受けた使命の実現にわれわれがどのように寄与できるかを、知らなければならない。われわれはもはや直接の代理人ではない。しかし、われわれがなにをするにせよ、みずから混乱から抜けだし、もともとの使命の成就に関与するなら、コスモクラートたちはそれをわれわれの功績とみなすだろう」

「どのように使命を成就するか、だれが決めるのだ？」フェイドはたずねた。

「深淵の騎士だ」コロは答えた。「かれらはコスモクラートたちの指示を受けている」

怒りに満ちたつぶやきがしだいに大きくなり、数秒のうちに激怒した泣きわめく声に変わった。コロは自分が大きな間違いをおかしたことを知った。

「われわれにテラナーのいうことをきけというのか？」

「われわれを未開人たちに売ろうとしている！」

「コロは理性を失った！　ポルレイターの文明はこの宇宙のもっとも古いもののひとつだ。ほかの者からの命令は受けない！」

フェイドはそれ以上なにもいう必要はなかった。全員、その意見に賛成だった。すくなくともそのように見えた。コロの意見を支持する数百名の者は、沈黙した。コロのいうことは正しかったが、やり方を間違えたのだろう。おろかだった。いまの危機は種族の誇り高さと独断的態度の結果として生じたのに、まさにそれにコロは言及して、深淵の騎士に決断をまかせるしかないと話したのだから。

コロはもう黙っていた。非難の声のなかに、クリンヴァンス＝オソ＝メグに対する自分の態度のことが言及されていた。つらかった。これまでに何度、自分自身その行為を呪っただろう！　コロはオーラの一角に引きこもり、〝自己保存状態〟に入った。この態度はすくなくとも尊重されなければならない。完全不動の状態に入ったポルレイターには、もはやだれも話しかけることは許されないのだ。

集合体オーラに閉じこもったポルレイターたちは、食糧をもはや必要としない。肉体は以前のように機能するが、新陳代謝プロセスは絶対最小限におさえられていた。肉体は淡紅色のオーラから、肉体的・精神的機能に必要なエネルギーを受けとるのだ。集合体オーラというこのシステムを確立したのは賢明だった。ただ、そのなかにかくれた考えだけは間違っている。

まわりの怒りがおさまって、かなりの時間がたったあと、コロはワイコラ＝ノノ＝オルスと話をした。かつてこの不幸な者にポルレイターたちの怒りが集中しそうになったとき、コロが弁護して援助したのだ。生命のない物体のなかに二百万年以上も完全に閉じこもっていたあいだ、必要なおちつきをもって危険な状況に対応する準備をしてきた者は、だれもいなかったではないかと指摘した。だが、もしかしたら、ノノに対する同情をはっきりとさせるべきではなかったのかもしれない。同情で友が増えたわけではなかった……ただひとり、ノノ本人をのぞいて。

「やり方がまずかった」コロは訴えた。「駆け引きがうまくないから。きみの助けが必要だ」

「わたしにできることはします」ノノの頸にある喉袋から声が聞こえてきた。「だからといって、なにができるかわかりませんが」

「ほとんどの者がフェイドのいうことを納得したと思うか？」

「そのようです」

コロはしばらくそのことを考えていた。それから、はさみのかたちの右手の把握器官で疑うしぐさをした。

「わたしはそうは思わない」コロはいった。「違いは行動方法にある。フェイドは技術者だ。かれの意見は単純な論理に、つまり明らかな動機にしたがっている。われわれポルレイター種族は疲れていて、もはや考える力がない。もし、だれかが揺りおこしてくれたら……」

八個の目が友の姿に向けられた。

「ノノ、われわれ、あきらめることは許されない。きみもわたしと同じように、そのことをよく知っている。われわれは思い違いをした。ポルレイターの重要性を過大評価して、自分たちがまるで宇宙支配のために選ばれたかのようにふるまった。それが間違っていた。われわれはそれを悟った。テラナーを見てみろ。かれらは若く、経験に乏しいが、コスモクラートの使命をなんとかはたそうとしている。どれほどわれわれの知識が助けになるだろう。わが提案は撤回する。われわれはコスモクラートの計画に、すくなくとも積極的には参加しない。そうすれば、深淵の騎士に指図されるという汚点も残さずにすむだろう。しかし、われわれの知識はのこされるべきだ。テラナーがどうしてもわれわれの経験を必要とするようなことを、起こすしかない」

ノノは賛成のしぐさをした。

「そのとおりです。もしあなたがわたしの協力をもとめるなら、けっして断ったりしません。われわれに賛同する者はたくさんいますよ。われわれはかれらにもっと論拠を提供しなければ。それがフェイドの支持者に影響をあたえるようにもっていくのです。かんたんではありません。しかし、やるべきことはわかっています。そこから、確信が生まれる。われわれは未来を見ているが、フェイドはただ死だけを見ています。わが種族が、活動的で役にたつ存在となるよりも、もはや存在しないという暗闇のほうを好むならば、失望せざるをえませんね」

この会話は、ポルレイターの集合体オーラがまだルナの人工クレーターにあったときのものだ。ワイコラ＝ノノ＝オルスはすぐに仕事にかかった。しかし、クムラン＝フェイド＝ポグはそれに気づいた。自分にしたがう者たちが、考えを変える恐れがある。フェイドは出発を急がせた。かつての誇り高きポルレイター種族の最後の犠牲的行為は、随伴事情でほかの生物を巻きこまないようなところでおこなわれるべきである、と。

フェイドの命令で、光るオーラのなかにいるすべての者は自己保存状態に入った。淡紅色のエネルギー・オーラはテラの衛星ルナから浮遊して、テラ周回軌道にコースをとった。このとき、ラフサテル＝コロ＝ソスとワイコラ＝ノノ＝オルスはさしあたり少数派だった。

しかし、二名はあきらめなかった。ポルレイターの良俗に反する行為ではあるが、このような状況ではどうでもいい。自己保存状態のまま、もっともかんたんに意見を変えると思われる者たちと、精神的コンタクトをとった。

4

アトランがわれに返ると、見慣れた顔が目の前にあった。痛めつけられた意識の状態では名前をすぐに思いだせない。ごちゃまぜになった記憶から、望む情報を引っぱりだす努力が必要だ。

「ペリー……」と、口にする。

テラナーは優しいほほえみを浮かべた。

「今回はほんのすこしやりすぎたようですね、若年寄り」

アトランはまわりを見まわした。どこだかすぐにわかった。無菌状態のような環境で、派手な色などまったくなく、外からの音を遮断するようになっていて……はっきりと医療施設とわかるマークがある。大きなドアの上にかかっているクロノメーターを見た。午前三時だった。数時間のあいだ、意識を失っていただけらしい。

「なにが起きたのだ？」舌に苔《こけ》が生えたような感触がして、驚いた。

「プシオン性の火傷《やけど》だと医師はいっています」ペリー・ローダンは答えた。「オーラに近づきすぎたんです」

「ヘルメットをつけていたが！」アトランは抗議した。

「なかのポルレイターが無気力状態なら、ヘルメットはオーラの通常の放射から守ってくれますが、ポルレイターが精神的に活発になったとたん、すぐ近くにいる者の保護には役だたなくなります」

アルコン人の思考回路がいつもの秩序あるコースにもどってきた。

「だれがわたしを連れだしたんだ？」そうたずねた。

「グッキーです。やはり、同じような被害を受けました」ローダンは真顔で答え、アトランの目が心配そうになったので、あわててつけくわえた。「心配はいりません。あなたよりもほんのすこしですが、安定しています。もう回復しました。〝アルコン人って弱いね〟と、冗談をいっています」

アトランはにやりとした。顔を動かすと、しわのあいだに砂が入っているようだ。

「それ以外は……？」

「それ以外は、すべて以前のままです」友は言葉をさえぎった。「つまり、すべてのテストを停止しました。見込みがなかったからです。オーラは以前のように広場の中央にあり、ポルレイターたちはおちついていて、ふたたび無気力状態になっています」

アトランはかぶりを振った。どうしても思いださなければならないことがある。だれかから聞いた仮説と推測の裏にひそんでいるなにかだ。急にまたそれを思いだした。

「外に出るぞ！」なんとか声を出し、ベッドから起きあがろうとする。

「医師はとめるでしょう」ローダンはいった。

「医師なんていらない！」アトランは腹だたしげにつぶやいた。「もう大丈夫だ。わたしにはこんなものは必要ない」

アトランは医療機器ののったスタンドを怒りにまかせて蹴って、すぐに立ちあがった。あまり急に動いたので、目がまわった。腕をひろげて、右手を壁につき、なんとかからだを支える。

「どうです、老人？」ペリー・ローダンはからかうようににやりとした。

「一過性のものだ。まわりがわたしを怒らせなければ大丈夫だ」アルコン人はうなったあと、背筋を伸ばす。「ペリー、わたしはオーラのなかがどうなっているか、知っている。ラフサテル＝コロ＝ソスの思考を受けた……もうひとつ、べつの思考も。ポルレイターはふたつのグループに分裂している。フェルマーがそれをすでに確認した。多数派のグループはあきらめて集団自殺しようとしているが、もう一方は抵抗し、怒りを感じている。ラフサテル＝コロ＝ソスは少数派グループの代表だ。なにか、コロの権威を失墜させるようなことがルナで起こったにちがいない。いまではポルレイターの大多数がべつの者にしたがっている」アトランは両手をこぶしに握りしめた。「わたしはコロを助けねばならない！」

ローダンはすぐに答えなかった。向きを変えると、窓のほうへ行った。大きなグラシット・ガラスの偏光を調節し、大都市テラニアの町明かりの海を見つめて、振りかえらずにいった。

「それが起こったのはルナではなく、ヴェガ宙域です。ワイコラ＝ノノ＝オルスがカルデクの盾を使って敵対者を殺そうとした。そのとき、ポルレイターは自分たちが間違った道を選んだことを知りました。そのとき、いうなれば、精神的ショックをこうむったのでしょう」

「かれらはそのショックに打ち勝とうとしている」アトランは補足した。「ただ、やり方について意見が一致しないだけだ」

ローダンは窓からはなれて、友のほうに近づいてきた。

「おっしゃるとおりです。コロはわれわれの助けを必要としている。結局のところ、ヴェガ宙域での出来ごとにいたったのは、極端にはしった要求を持ちだしたコロの責任ですから。しかし、この緊急時のいま、状況を客観的に、感情をまじえずに見ているようです」ローダンは答えをもとめるようにアトランを見つめ、さらに話をつづけた。「わたしはコスモクラートのリングを持っている。われわれ全員、ポルレイターがリングを上位権力のシンボルとして認め、ジレンマから解放されるだろうと信じています。わたしにあなたの手伝いをさせてもらえませんか」

　アルコン人はかぶりを振った……ゆっくりと、つらそうに。友の提案をはねつけることで、また心労がひろがったようだった。

「コスモクラートのリングは切り札としてとっておいてくれ」アトランは提案した。「現在のポルレイターの精神状態を判断するのはむずかしい。リングを見れば、それこそわれわれが阻止しようと思っているカタストロフィを引きおこすかもしれない」すこし疲れたほほえみを浮かべて、「それに、ドームのなかで起きていることが、はじめてほんのすこし理解できたのだ。もうすこしやらせてくれ。もう一度、自信を持ちたい。自分もまだなにか役にたつと証明することが、わたしにとっては大きな意味を持つのだ」

　反論しようと思えば、いくらでもできただろう。しかし、ペリー・ローダンはわずかにうなずいて、友の気持ちを尊重した。

*

　アトランとのやりとりは長いあいだローダンの頭からはなれなかった。レジナルド・ブルの意地の悪い言葉を思いだす。アルコン人が意気消沈しているのは、直接的にせよ間接的にせよ、ゲシールの態度の結果だというのだ。自分が好きなのはペリー・ローダンであることを、ゲシールはかくそうとしない。アトランはいわば出しぬかれたのだ、と。

ブリーのいうことは正しいのか？　ゲシールは自分の態度で人の心を傷つけることなどなんとも思わない、悪の権化なのか？　ハンザ司令部の私室で、ペリー・ローダンはひとりさびしく苦笑いを浮かべた。どうやったら、そんな見方ができるというのだろう。自分は美しく謎めいた異星人の女の完全な虜になっている。いまこの瞬間も、ゲシールがここにいてくれたらと心底、願っていた。やり場のない不安が心を満たす。最後に彼女を見たのは夕食のときだった。あれから七時間以上たっている。ゲシールに連絡をとらずにはいられなかった。声を聞きたい。

だが、思わずインターカムのスイッチを入れようとする衝動をおさえ、考えをアトランにもどした。ふたたび過去の、先週の出来ごとを思いおこす。フロストルービンにまつわる秘密は一部だけ解明された。フロストルービンとは、実体のない回転エネルギーの集中領域……〝自転する虚無〟なのだ。一定の距離まで近づくと、どんなものも引きさらい、粉々にする。ポルレイターが封印に成功する以前は、敵超越知性体セト＝アポフィスの道具だったにちがいない。

フロストルービンは封印される前、どうやらみずからの意志で宇宙じゅうを動きまわっていたらしい。銀河間物質とぶつかったところでは大変な荒廃をもたらしたようだ。

あるたしかな特徴によって、テラの天文学者が通例どおり超新星爆発と思っていた一連の異常な現象が、フロストルービンの破壊的な力の作用だと特定できるかもしれなかった。超新星と思われたアンドロメダ座S星や、ケンタウルス宙域のNGC5253銀河で起きた、ケンタウルス座Z星とSN1972eの爆発がそうだ。

銀河間物質の凝集域との最新の遭遇が、フロストルービンにとって決定的なものとなった。縮退状態にあり、猛烈な速度で自転していた矮《わいしょう》小銀河と衝突したのだ。それは二百二十万年前、アンドロメダ座S星が急に輝きだしたときのことだった。フロストルービンは中性子のみで構成された矮小銀河のすべてのエネルギーを、ねじりモーメントもふくめてとりこんだ。これで運命は決まった。巨大な回転エネルギーの余波を処理しきれず、フロストルービンは自転する虚無となり、最後の衝突場所からはなれられなくなったのだ。

このとてつもない封印を、ポルレイターがどうやって成功させたのかは、いまのところわかっていない。ペリー・ローダンはそれを聞きたかった。もし……いや、〝もしかして〟と、自分で訂正した……いまの問題が解決できたら。

最近になって、セト＝アポフィスは封印を解こうとした。いくつかの補助種族からなる科学者チームが、自転する虚無をとりまく宇宙の瓦礫フィールドで自転エネルギーを抜きとり、フロストルービンの非常に速い回転を弱めようと努力している。その方法は封印そのものと同様、とてつもないものだった。回転エネルギーを物質に転換しているのだ！

瓦礫フィールドの物質片は、第一に矮小銀河とフロストルービンが衝突して生まれたもので、第二にセト＝アポフィスの補助種族がフロストルービンのエネルギーを転換した、いわゆる制動物質だった。その作業が進展し、憂慮すべき事態が生じたところで、《バジス》が介入した。セルフィル＝ファタロ装置という〝最終秘密兵器〟によって多くの制動物質を破壊し、セト＝アポフィスの努力を何カ月も逆もどりさせたのだ。だが、それ以上はなにもできなかった。テラでは《バジス》を待っていたから。ポルレイターを正気にもどすためにコスモクラートのリングが必要だった。

いずれにしても、この関係でひとつはっきりしたことがある。セト＝アポフィスがこのところ、フロストルービンの封印を解くのに非常に熱心で、これまでのようなやり方では銀河系に介入してこなくなったことだ。封印を解く作業がフル回転で進められるようになって以来、セト＝アポフィスの工作員の活動は最小限におさえられ、もう時間転《てん》轍《てっ》機《き》もサウパン人の宇宙艦もあらわれない。

フロストルービンはさらにもうひとつ謎をかくしていた。どうやら、上位の五次元連続体の物体と関係があるらしい。より高次の次元の物体がアインシュタイン空間にのこしたシュプールだというのだ。その物体がどういうものなのかはわからないが、ローダンは〝メンタル・ショック〟にともなう現象と関連づけていた。ハルト人のイホ・トロトだけでなく、かれの死んだ友ブルーク・トーセンも、セト＝アポフィスの補助種族の多くもメンタル・ショックを受けたという。イホ・トロトがメンタル・ショックを受けたときの状況説明は曖昧《あいまい》で、まったく不可解な矛盾だらけだった。高名な心理学者によれば、四次元世界の意識が五次元の環境を物語ろうとすると、そのような報告になるのだそうだ。

フロストルービンはいまだに謎のままだった。ローダンはポルレイターがおちつくのを待っていた。テラから三千万光年、くじら座のNGC1068銀河までの途中にある謎の構造物について、多くのことが聞けると期待している。ポルレイターが持っている情報を手にいれたらすぐに、ふたたびフロストルービンへ向けて出発しよう。封印を解くのを、やめさせなければならない。フロストルービンが宇宙の奥深くにいたるまで破壊してまわることは、二度と許されない。さらに、自転する虚無というシュプールをのこした五次元物体そのものを調査することも重要になる。

フロストルービン宙域で起こりうる、あらたな危険な展開をすこしでもはっきりと見きわめるために、ローダンは監視をのこしていた。直径二百メートルのスター級球型艦《プレジデント》である。艦長は《ソル》のかつてのハイ・シデリト、タンワルツェンだ。そばに助言者としてハルト人イホ・トロトがついている。宇宙の瓦礫フィールド内で独自に何週間にもわたって観察をつづけ、実情を知っているからだ。リレーはぜんぶで四千ある。《プレジデント》との連絡はハイパー通信リレー経由で可能だ。リレーはぜんぶで四千

《プレジデント》との連絡はハイパー通信リレー経由で可能だ。

ペリー・ローダンはタンワルツェンからの最初の報告を待ったが……べつのことも待っていた。自転する虚無の前庭で《バジス》搭載巡洋艦《ナルドゥ》が発見した巨大な石は、瓦礫フィールドを構成するふたつの物質、つまり矮小銀河の残骸と制動物質のどちらにも属さないものだった。《ナルドゥ》はこの石を収容し、《バジス》に持ちかえってきた。謎の石は《バジス》の帰還途中、船内で分析された。そのさい、ある種のハイパーエネルギーの残留放射を手がかりに、M－82銀河のものであることがわかったのだ。M－82銀河は数千年前から強いエネルギー放射源として知られており、石と同一のインパルス・パターンのハイパー放射をみずから発している。

ただ、まったく説明できないのは、《ナルドゥ》の乗員メンバーが〝石の使者〟と名づけたものが、どうやってM－82からフロストルービン宙域に到達したかということだ。その距離は数千万光年ある。〝石の使者〟は《バジス》の帰還後、すぐにテラに運ばれた。いまこの瞬間も、テラの科学者により、先進的な測量・検証方法で詳細に分析されている。

ローダンはその最初の結果報告を待っていた。

アトランは記録装置に自分の容体を短く説明したあと、医療ステーションをはなれた。医師たちが次に状態を知りたければ、呼びだせばいい。体調はいいし、通常の行動に専念するつもりであると録音しておいた。

＊

医療ステーションの地下駐機場には宇宙ハンザ所有のグライダーが数機あった。アルコン人はそのなかの一機を自分用にしている。IDカードで、オートパイロットに使用権限を認めさせた。

医療ステーションからモンゴル皇帝広場へまっすぐに向かう。朝の四時だった。きらめく町明かりの向こうの空は、まだ暗かった。さしあたり夜明けが近いと予感させるものはない。

カラコトの町を出ると、昼日なかのような交通量で騒がしい大きな道路からはなれた。両脇に一時代前の感じの黒っぽい建物がそびえている。いくつかの側道を通りすぎて、最終的にモンゴル皇帝広場へまっすぐにのびている通りに到達した。カルデク・オーラ周辺の出動を指揮しているフェルマー・ロイドには、途中ラジオカムで連絡をとり、到着を知らせてある。光るドーム内の騒ぎが一時的なものだったことはすこし前に知らされた。アトランが意識を失ったアクシデントのあと、ポルレイターたちはすぐにまたおちつきをとりもどし、無気力な動かない状態になっている。マレク・ハッサンとナロン・ドゥールは自分たちの実験をつづけていたが、それはたんに作業療法のようなものだった。ほかになにもすることがないのだ。
二、三百メートル向こうに広場のまばゆい街灯が見えたが、アトランがグライダーで移動している道は暗闇のなかだった。交通量はすくなかった。ぼんやりしていて、建物のあいだにひそんでいた華奢《きやしや》な姿を見おとした。
次の瞬間、絶え間なく聞こえていたエンジンの軽い音がやんだ。そのとたん、アトランは胃が宙に浮いたようで、気分が悪くなった。とどろくような音がしたと思うと、前につんのめる。幅のひろいハーネスが猛烈な勢いでからだに食いこんだ。飛行高度をわずか二メートルという低さにたもっていてよかったと、とっさに思った。グライダーの照明はまたたいたが、すぐに安定した。

ハッチが開く音がした。

「不快な思いをさせて申しわけない」甲高い声がいった。「しかし、わたしにはやることがある。不快かそうでないか、ゆっくりと聞いていられないのだ」

アルコン人はなにが起きたかわからず、振り向いた。開いているハッチからシャーマンの息子、ジューエ・バートルが入ってきた。手にブラスターを持っていて、銃口の揺らめく放射フィールドがアトランのからだに向けられている。

る。

「きみが……きみがグライダーを撃ちおとしたのか？」アトランは愕然とした。

ジューエ・バートルはきっぱりとうなずいた。黒い目に危険な炎がかすかに光っている。

「それがどうした？」あざけるようにたずねてくる。「わたしはたくさんの種類の魔術を知っているんだ。出発してもらおう！」

「どこへ？」

「広場にある、光を発するドームのところへ。苦しんでいる者たちはおちつきをなくしているようだ。助けなければならない」

アトランはふたたび冷静さをとりもどした。

「きみにはだれも助けられない。とりわけ、ポルレイターはな」アトランはきつい口調でいった。「こんな奇襲でどうにかなると思っているのか？」

「わたしにはあなたの考えていることがわかるのだ」モンゴル人はにやにや笑った。「黒い髪の肩幅のひろい男のことを考えているな。褐色の毛皮を持つ異生物のことも。その者たちがあなたの思考を読んで、ここで起きていることを正確に知ると思っている」

アトランは相手をじっと見つめた。この年齢不詳の小柄な男が自信たっぷりに話すので、不安になった。

「もしそうだとしたら」ジューエ・バートルはつづけた。「ふたりともすぐに連絡してくるんじゃないか？」そういって、ラジオカム受信機を指さした。「ふたりはあなたが苦境にいるのを見すごさず、助けにくるのでは？」

アルコン人は催眠術にかかったように受信機を見つめた。この男はなにものだ？　思考が読めるのか？　テレキネスのような能力を持っていて、グライダーのエンジンをとめることができるのか？　ミュータントなのか？　アトランはテラ魔術の驚くべき力を物語る多くの報告や伝説を知っている。どれも遠い昔のもので、とりわけ〝極東の魔術〟に驚くべき力があるとの噂だった。人類がまだ自分たちをひとつのまとまりとして見ずに、〝西〟と〝東〟に分かれていると思っていたころの話だ。アトラン自身はそのような噂をたいして気にとめなかった。西側の報告者が意図的にセンセーショナルに仕立てたと思っていたのだ。

しかし、急に自分の考えに自信がなくなった。

ジューエ・バートルはじっと前を見つめている。数分が過ぎた。ラジオカムはなにもいってこない。暗い道路には相いかわらずだれもいない。グッキーかフェルマー・ロイドが自分の窮状を知ったならば、とっくに介入しているはずだが。

またもやこのモンゴル人はアトランの思考を読んだかのようだ。

「まったく動きがないだろう。ふたりはあなたが足どめされているのを知らないのだ。

出発しろ！」

アトランはかぶりを振った。突然、説明のつかないかたくなさが心に生まれた。付帯脳が警告しようとしたが、耳を貸さない。黙ってこのちいさな男のいいなりになるのはいやだ。その魔術的な力をもしのぐ、嫌悪をもよおすほどあつかましい横柄な言動で、なんの関係もないことに口を出してくる。

「まっぴらだ！」アトランは腹だたしげに、うなり声をあげた。「降りろ。出ていけ。二度と姿を見せるな！」

ジューエ・バートルは甲高くひきつったような声で笑った。

「あなたは水晶王子アトランだな？　素性も知れないテラナーに命令されるのが、がまんならないのだろう。自分自身が状況を支配したいから、干渉されるのが許せないのだ。さて、水晶王子、いうことをきいてもらおう」その声が真剣になり、陰険な言外の響きは失われた。「あなたに向かってしゃべっているのは、素性も知れないテラナーではない。死後二十年たってもまだカラコトの町の住民からなかば神のように崇《あが》められている、シャーマンの息子だ。わたしは、全モンゴルの偉大なハーンであり著名なチャハル部の首長であった、無敵のテリュボロドの子孫なのだ。もったいぶる必要はない、アルコン人。あなたに命令しているのは、あなたと同じように高貴な生まれの者だ。だが、わたしにしたがうのは良心に反すると思っているのがわかるから、あなたをその責任から解放してやろう……」

アトランは自分がどうなったか、わからなかった。広場の街灯がはるかうしろで明滅し、色が変わりはじめた。滝のような音があたりに満ちた。横を向くと、モンゴル人の顔がゆがんで恐ろしい容貌になっている。

そして、突然なにもなくなった。

*

マレク・ハッサンはグライダーが低速で道路の出口からあらわれるのを見て、それが向かっている方向を知ったとき、驚いた。とっさに考えたのは、そのことを気にかけず、作業を続行することだった……成果には期待が持てなかったが。ところが、グライダーは光をはなつドームへまっすぐに進んでくる。いくつかの赤い警告ランプがついた。グライダーはそのまま進む。警報がうなりをあげはじめた。

マレクは高性能グライダーのまわりに設置された警告ランプの輪の向こうを見た。フェルマー・ロイドが宇宙ハンザの標識をつけたグライダーの向こうでこちらを見ている。グライダーのハッチからグッキーが飛びでてきた。ロイドはドームの方向を指さしている。ネズミ＝ビーバーは身をかがめて、二秒間、極度に集中しているようすだった。フェルマー・ロイドが身振りをまじえてなにか叫んだが、マレクには理解できない。ドームのまんなかを指さしている。イルトはやっと背を伸ばした。マレクはイルトがあきらめきった表情でうなずくのを見た。

わかった。あの未確認グライダーはカルデク・オーラのすぐ近くに着陸しようとしているのだ。マレクがいる場所は危険区域の境界のずっと奥にある。この境界は、アトランとグッキーがポルレイターのメンタル効果でプシオン性の火傷を負ったあと、設置されていた。イルトはグライダーの内部にテレポーテーションしようとしたようだが、危険があまりに大きすぎた。マレクは手に持っていたものを落とし、急いで広場のはしをめざして走った。警報はまだ鳴っている。未確認グライダーは光るドームのすぐ前に着陸した。乗員がどうやってオーラの超心理放射に耐えたのか、マレクにはわからなかった。

「あのばか者はなにがしたいんですか？」マレク・ハッサンはフェルマー・ロイドから五歩はなれて、息を切らした。

「アトランだ」ミュータントは答えた。「あれはアトランのグライダーだ」

マレク・ハッサンは茫然と広場のまんなかを見た。アトランがあのグライダーのなかにいるのか？　意識を失って運びだされてから、わずか四時間しかたっていない。ドームのそばでなにをしているのだ？　ふたたび危険に身をさらすほどおろかなのか？

「アトランの思考が受けとれないんだ」ネズミ＝ビーバーはいった。

フェルマー・ロイドは気もそぞろにうなずいた。夜の闇のなかに聞き耳をたてて、「なにか独特なものを感じる。異意識がわたしを乗っ取ろうとしているような……わたしは……」

そこまでだった。広場上空でほの暗い光がまたたいた。マレク・ハッサンは抵抗しがたい思考力の麻痺を感じた。一秒ごとに意識が薄れていき、やけ酒を浴びるように飲んだみたいになる。グッキーが甲高い声をあげて、グライダーのなかへ姿を消した。フェルマー・ロイドは高くかかげた両手でこめかみを押している。その顔はひどい痛みでゆがんでいた。

科学者が振り向くと、ポルレイターのオーラが脈動をはじめていた。あわただしいリズムでオーラは膨らみ、ふたたび縮む。それに合わせるように轟音をみずから発していた。音は一秒ごとに大きくなっていく。内部ではこれまで動かなかった者たちが、混乱のなかでせわしなく動きまわっている。最初、その騒ぎは無秩序のようだった。しかし、やがてマレクにはわかった。驚いたことに、ポルレイターのなかにふたつのグループがあって、おたがいに襲いかかっているのだ。

＊

はじめ、努力はむだなように見えた。ワイコラ＝ノノ＝オルスはラフサテル＝コロ＝

ソスが選出した最高の使者ではなかったのかもしれない。なんといってもノノはヴェガ星系で起こったカタストロフィに直接関わり、ほかの生物を殺すためにカルデクの盾を使おうとしたのだから。それにくわえて、話す価値のありそうな者はみな自己保存状態だった。それをじゃまするのは無礼なことだ。だが、さいわい、ポルレイターの公序良俗に反する態度の結果としてこうむる不利益は、ほんのすこしですんだ。不利な状況にもかかわらず、ノノが思いきっておこなった最初の説得は成功したのだ。

そのことに気づいたクムラン＝フェイド＝ポグは、いっきに頭が明晰になった。このときから、仲間を自己保存状態から目ざめさせることも、説得することも、もうまったくためらわなくなった。そのほうが、フェイドが勝手に〝洗脳〟と呼んでいるノノの試みにうまく抵抗できる。

要するに、集合体オーラにつつまれてテラの周回軌道をまわっていたポルレイター社会は、はっきり覚醒していたのだ。ノノとコロがひとつのグループを、フェイドとその支持者がべつのグループをつくって、考えが定まらない者たちを説得し、自分たちの正論で納得させようとしていた。コロは駆け引きはうまくないが、巧みな戦術家であり、時が自分に味方することを知っていた。自殺を希求する絶望は、繊細で短命な花だ。結局、救いようのない敗北感をかかえた状況に、知性体は固執《こしつ》できない。クムラン＝フェイド＝ポグの常軌を逸した計画の展開が長く延期されればされるほど、実施されるチャンスはすくなくなっていく。たえざる努力が最初の成果を出したあと、ノノはその友を呼び、しずかにしているように指示した。

フェイドはすでに自分の計画のすばやい実現は無理なことに気づいていた。決断の原因となった恥の感情はほんものだったから、絶望的になる。ラフサテル＝コロ＝ソスとその仲間は、ポルレイター種族の名誉回復という、たったひとつの共通目標に対する裏切り者だ。フェイドは集合体オーラのなかにいる者たちに、ふたたび自己保存状態に入るよううながした。この機会を使って仲間が自己のなかに閉じこもり、フェイドの選んだ道だけがたったひとつの解決策だと理解すればいいのだが。伝統の掟を忘れて、こちらの意志を無理やりにでも通したほうがいいのではないかと、何度も思った。しかし、カルデクの盾の超心理要素が自分を充分に助けてくれるかどうかは疑問だ。カルデクの盾は持ち主の意識とリンクする。コロの意見に賛成する者たちの盾は、オーラを爆発させて壊すことを拒否するだろう。そうすることでしかフェイドの計画は実現できないのだが……反対者が多すぎた。大部分は自分の意見に賛成しているとはいえ、コロとノノの意見に耳をかたむける者はまだ多い。

絶望的になり、あきらめようかと考えたとき、予期しないことが起こった。ついいましがた、攻勢に転じるべきではないかと思ったのに、突然、主導権を奪いとられたのだ。集合体オーラは遠心力に抵抗し、フェイドの計画実行にもっとも安全だと思われた周回軌道をはなれた。介入する間もなく、光る泡はテラの地表に向かった。フェイドは愕然として、ほぼ一時間動けなかった。そのあいだに決断はくだされ、オーラはテラの首都テラニア・シティの郊外に着地した。これで計画実行はほとんど不可能だ。エネルギー壁を壊せば膨大なエネルギーが解放され、周辺にひどい荒廃をもたらすにちがいない。ポルレイターの絶望がいかに大きかろうと、かれらにとってほかのなによりも神聖な掟がある。知的生物の命を脅かしたり、まして殺したりするのは許されないのだ。

ラフサテル＝コロ＝ソスは勝利感に浸った。戦略にしたがって、思いきった行動に出ていた。パラ心理学的手法を使い、オーラがテラ周回軌道から地表へ向かうような動きを生じさせたのだ。このようなプロセスはわりとかんたんに引きおこすことができる。いずれにしても、光るドームの自殺的自己崩壊よりもずっとかんたんだ。ドームは比較にならないほど繊細な超心理プロセスによる結果であり、オーラに閉じこめられた意識の絶対的多数の同意が必要になるからだ。

これからはもうなにも恐れることはない。ポルレイターの生死に関わる決断をもっと早く出せていたら、たしかによかったかもしれないが。そのために、コロはパラエネルギー外被の近くにあらわれたアトランという名前の男に助けをもとめたのだ。だが、いまになって、それが間違いだったことに気づいた。クムラン＝フェイド＝ポグがすぐに虚脱状態から目ざめて、志を同じくする意識の全力をあげて攻撃をくわえてきたからだ。

アトランはくずおれ、助けにきたネズミ＝ビーバーも同様にプシオン性の火傷を負ってしまった。

その失敗にもかかわらず、その後はうまくいった。時間稼ぎができたのだ。あとは日々の流れのなかで、仲間の絶望もしだいに消えるだろう。そうしたら、しっかりと思慮分別を説いて聞かせよう。ただ、クムラン＝フェイド＝ポグがオーラをまた動かさないように注意しなければならない。信頼できる者たちと相談して、一秒たりともフェイドから目をはなさないことを申し合わせた。あの絶望している者がコロの計画をじゃましないよう、つねにすくなくとも二名が監視するようにする。これからは引きのばし工作だけが有効になりそうだ。ラフサテル＝コロ＝ソスは敗北感が消え去るのを感じた。仲間の心が奮いたち、自分たちが役にたつ未来がまた見えてきたのがわかる。

そこに突然、なにもないところから、未知の力があらわれた。それがどこから出ているか、なにがそれを動かしてポルレイターのことに口をはさむ気なのか、コロにはわからなかった。突然あらわれたのだ……未知者のパラ意識から出る、まったく異種の影響が。強力なものではない。根気強い抵抗力で穴をうがつようだ。ポルレイターの超心理能力の到達範囲外にある波長で動いているので、抵抗できない。

その力はまず背後から影響をおよぼしてきた。ポルレイターの絶望と落胆が消え去るのと同じぐらいのスピードで積みあがっていく。ラフサテル＝コロ＝ソスが仲間の感情のなかで見つけたと思ったちいさな一歩が、その力でまただめになった。未知の力はポルレイターを死に追いやろうとしている。クムラン＝フェイド＝ポグの計画を援助している。コロが混乱したのは、その力に悪意のないことだ。コロが感じるかぎり、宗教的な熱意が内在している。ポルレイターにとっていいことをしていると確信しているようだ。いずれにしても、コロの計画とはなにも共通点のない考え方から出ていた。

しばらく、コロは異質な影響をひそかに見張ることだけでがまんした。どこからそれがくるか、その影響はつねに一定であるのか、あるいは変化するのか、ブロックできるのかどうか、知りたかった。だが、見張るだけの戦術はいきづまった。未知の力がくりかえしポルレイターに絶望感を補充するかぎり、時が味方につくことはない。コロは暴力の行使を検討しはじめた。クムラン＝フェイド＝ポグの意識をしばらくのあいだ閉めだせば、未知者の影響があっても、仲間を正気にもどせるかもしれない。もちろん、フェイドへの攻撃はひどく非道徳的だから、リーダーに必要な仲間からの尊敬は失う。しかし、それがなんだというのだ？　リーダーの地位などどうでもいい！　種族の最後の者たちを救うことができるのだったら、よろこんでそんなものは放棄しよう。

コロの迷いにいきなり終止符を打ったのは、未知者自身だった。観察の時間を終わらせようと決心したらしい。警告もなく猛烈な勢いで攻撃をくわえてきた。未知者自身はこれまで同様、強力ではない。しかしそれは、自殺によって自分たちの名誉を救えると信じているポルレイターの精神力をわがものにし、それを何百倍にも強化していた。

不気味な力の出どころは人間の、テラナーの意識だった。それが外の、オーラの光る壁の向こうに見える。テラナーがグライダーと名づけている乗り物でやってきたらしい。そばにはアトランという名前の男がいた。しかし、超心理的な力の放出では、アトランはたいした役割をはたしていない。むしろ、もうひとりに捕らえられているようだ。

光るドームの内部ではカオスがひろがっていた。フェイドとその仲間が、フェイドいうところの〝恥の放置〟の即座の終了を迫る。だがフェイドは、未知のプシオン力の支援も受けているのに、いまだに敵対グループの抵抗を心理的に打ち破ることができないでいた。だから、すこし前にラフサテル＝コロ＝ソスが使用を考えた最後の手段……暴力に訴えてきた。フェイドの仲間が四、五名、あるいは六名で、可能なところならどこででも敵の一名をとりかこみ、カルデクの盾から出たプシオン・インパルスの雨を降らせて意識を失わせる。数時間後にはまたわれに返るが、そのあいだは、狂気の自殺計画に抵抗することができなくなるわけだ。

コロは決断の時がきたことを知った。同志を呼び集めた。精神ブロックを構築しなければならない。個々ではフェイドの力に負ける。すでに三名は意識がない。ただ団結のみが、まだかすかな希望をあたえていた。

コロはかたまっている仲間のなかに入っていった。ドーム周辺部にいる者たちに指示をあたえ、敵の攻撃に対する防衛をまかせる。そのあいだに自分は重要なことに集中した。助けが必要だった。支持者たちのちいさな群れでは、フェイドに対して勝ち目はない。助けは外部から呼ぶしかない。一瞬、状況の皮肉さを感じた。数日前にはまだ軽蔑していた者たちの援助と厚情をたよりにせざるをえないのだ。オーラをはなれて、テラナーと連絡をとらなければならない。

やりとげられるかもしれない。コロはほかのだれよりもカルデクの盾のとりあつかいを知っている。それでも、成功の可能性は大きくない。第一歩を踏みだすとすぐに、フェイドはこちらのもくろみに気づいて、じゃましようとするだろう。しかし、ほかに選択肢はなかった。

ポルレイターの生死に関わる問題なのだ……

5

頭が割れるように痛んだ。まともに考えることもできない。顔をあげると、目の前に淡紅色の光でできた壁のようなものがある。その向こうに、見たことのない体をもつ生物がいた。せわしなく動いている。いっきに脳みそを揺さぶられたようで、記憶がふたたびもどった。

ポルレイター……

アルコン人は隣りの操縦席のシートにしゃがみこんでいる姿をじっと見た。そのこわばった顔はなにかに必死で集中しているようだ。不自然に大きく開いた目が、熱を帯びたように光っていた。淡紅色に光る壁を通してドームのなかを見ている。ジューエ・バートルはポルレイターの集合体オーラ内で起こっているカオスに一枚嚙んでいた。いや、それどころか、カオスの煽動《せんどう》者なのだ。

アトランの意識は、あわただしく脈動するドームからくる苦痛に全力で耐えていた。すばやく通りすぎる影が見えた。マレク・ハッサンとナロン・ドゥールのひきいる作業グループのメンバーたちが、集合体オーラの超心理的爆発から一目散に逃げようとしているのだ。だが、逃げる者たちは次々とくずおれ、横たわったまま動かない。絶望感がアルコン人を捕らえた。とんでもないことが起こるにちがいない。オーラが共振周波に合わせたかたちで振動していき、鼓動し脈動する振幅がはてしなく増大するだろう。エネルギー・フィールドはそのような負荷に耐えられない。引き裂かれて爆発し、蓄えているエネルギーを解きはなつ。カルデクの盾の効果を知る者は、爆発が恐るべき結果を呼ぶにちがいないとわかる。カラコトの町の大半は廃墟になるだろう。

カタストロフィが迫るのを見ているのはアトランひとりだ。だが、ジューエ・バートルの呪縛に囚《とら》われて、からだが動かない。なすすべもなく、ただそこにいるしかなかった。

本当にそうなのか？　アトランは最後の力を振りしぼって、付帯脳に訴えた。潜在的なメンタル安定化エネルギーを使い、どのようなかたちであれ、集合体オーラの超心理的脈動に対する防御バリアを構築したい、と。華奢なモンゴル人と逃げた者たちの姿に集中した。ジューエ・バートルからの呪縛から抜けられなければ、カタストロフィが首都のこの部分に迫ることになる……やがて、割れるような頭痛がすこしおさまり、痛みをともなう脈動が弱くなってきた。

アトランは相手の意表をつくため、すばやく動いた。バートルに飛びかかり、両手をその細い頸にかけようとする。このモンゴル人を無害化すれば、光るドーム内の混乱はまたおさまるかもしれない。それが自分にのこされた最後の希望だった。

しかし、ジューエ・バートルはふたつの意識を自由に使えるらしい。ひとつはトランス状態でポルレイターとコンタクトしていて、もうひとつはそのコンタクトにじゃまが入らないよう、周囲に気を配っているのだ。急襲に成功したとアトランが思ったとき、モンゴル人は信じられないようなすばやさで脇に身をかわした。アトランは勢いあまってつんのめった。ジューエ・バートルは激怒し、別人かと思うようなすごみのある声で、どなりつけた。

「おろか者！　あなたはここでなにが起きているか理解していない。わたしはあなたを殺すこともできた。しかし、それをしてもこっちはなんの得にもならない」

アトランはうなじに強い一撃を受け、なかば意識を失った。高いところへ押しあげられるのを感じる。冷たい風が顔をなでた。支えを失って、まっすぐに落下し、広場の焼け焦げた地面にたたきつけられた。

朦朧《もうろう》としたまま立ちあがった。モンゴル人はコクピットにすわったまま、相いかわらず目を見ひらいてじっとしている。ハッチはふたたび閉まっていた。アトランは武器を携帯していなかった。素手で敵に向かっていってもむだだ。広場のはしにそって目をはしらせると、少人数のグループがいた。奇妙なヘルメットでメンタル影響を防御している。ひとりの大男が、手振りをくわえてとどろくような声で指示をあたえていた。マレク・ハッサンだ。数の減った、最後の忠実な部下たちをひきいている。そのすぐそばではナロン・ドゥールが貴重な装置を移送する準備をしていた。

アトランはなんとか前に進んだ。付帯脳がメンタル安定化エネルギーの助けで構築したバリアは、部分的にしか効果がなかった。カルデク・オーラの超心理的放射がまだ頭のなかで脈動し、鳴りひびく振動で意識に働きかけてくる。よろめきながら、広場のはしにたどりついた。ハッサンが駆けよってきて、手を貸し、アルコン人の頭にヘルメットをかぶせた。おかげで、一瞬ひどい痛みが弱まった。

「できるだけ早くグライダーの機内へ!」ハッサンは大声でいった。大きくうねるオーラの轟音に負けないように叫ぶ。「撤退しましょう!」

アトランはかぶりを振った。

「きみたちは行ってくれ。わたしはのこる」大声で伝える。「オーラが爆発すれば、全カラコトが廃墟になる。避難は進んでいるか?」

「全速力でやっています」ハッサンは答えて、広場につづく向こうの通りを指さした。たくさんの大型グライダーが見えた。屋根に青と赤の治安部隊の標識灯が点滅している。住民がグライダーに押しよせ、大きく開いたあちこちのハッチからわれ先に乗りこもうとしていた。人力のかぎりがつくされている。どのくらいの犠牲者が出るかは、いつオーラが爆発するかということにかかっている。

「ハンザ司令部と連絡がとりたい！」アトランはハッサンの耳もとで叫んだ。

大男は手を振って拒否した。

「遅すぎます。もうだめです。オーラの放射がすべてをおおっています」

ナロン・ドゥールがかたづけを終わらせて、助手といっしょに高性能グライダーに飛び乗った。アトランは周囲を見まわした。広場の周辺部にとまっていた部隊ののこりのグライダー五機は、もうとっくに姿を消していた。マレク・ハッサンの仲間も同様にグライダーに飛び乗る。

「武器をくれ」アトランは要求した。「あそこにいるモンゴル人を……」

「いっしょにきてください！」ハッサンは強い調子で相手の言葉をさえぎった。「ここにはもはや救えるものはなにもありません」

「いや、そんなことはない」アルコン人はうなった。「二千九名のポルレイターがいる。武器はどこだ？」

冷たい鋼製の中型ブラスターが手にゆっくりとのせられた。アトランはそれをつかんでベルトにかくすと、たずねた。

「ミュータントふたりはどこだ？」

「もどってもらいました」ハッサンは答えた。「ふたりはオーラの放射に耐えられないようでした。イルトはどうしてもあなたを助けたいといいましたが、結局、自分の力では無理だとわかったようです」

アトランはグライダーを指さすと、

「行ってくれ！」耳を聾するようなオーラの轟音に負けじと叫んだ。「ペリー・ローダンに知らせてもらいたい。世界がコスモクラートのリングを必要とする時がきた、と。わたしはここにとどまり、あの頭のおかしなモンゴル人をどうにかする」

マレク・ハッサンは反論しようとしたが、アルコン人はヘルメットをしっかりとかぶり、向きを変えると、数十メートルはなれたグライダーに近づいた。なかにジューエ・バートルがすわっている。メンタル安定化バリアとヘルメットが危険な放射を防ぎ、なんとか動けるのでほっとする。オーラの轟音が響くなかで、背後に大型グライダーのエンジンのうなりを聞いた。マレクとナロンとその助手たちが脱出したのだ。

いまになってやっと確信した。あのモンゴル人は正気を失っている。

自分たちふたりとも、正気ではないのだろう。そして、滅亡の運命を背負った二千九名のポルレイターも……

＊

左手につけているマイクロカムから私用通信の着信音がしたとき、ローダンはゲシールの部屋へ行く途中だった。とっさに腹がたった。ゲシールに呼ばれているのだ。なにか重要な話があるという。実際にそうなのか、あるいは本当の心配ごとをかくすための口実にすぎないのか、それはたいした問題ではない。ゲシールのたのみによろこんで、すぐにしたがった。表向きには賢く自信に満ちたひとかどの戦略家だ。それにしてはあまりにもよろこび勇んでいた。

左腕を曲げて応答した。

「ローダンだ。なんの用だ？」

それと同時に、いっせいに警報が鳴りだした。

「カラコトが大混乱です」その声の主はレジナルド・ブルだと、騒音のなかでもすぐにわかった。ブルはつづけた。「アトランと部隊にもう連絡がつきません。モンゴル皇帝広場のあたりに奇妙な光の現象が見られます。グッキーとフェルマー・ロイドの報告によれば、オーラが脈動しはじめたとか。外にだれか賢い者がいて、なにもいわれなくても大がかりな避難を指揮したようです」

ローダンの腹だちは消えた。友が危険だ。ゲシールは待たせるしかない。右手を左の腕に持っていき、ここのところ制服の下にずっとつけているコスモクラートのリングの感触をたしかめた。

「いま行く」ローダンはそれだけいった。

転送機でハンザ司令部の制御センターへ時間のロスなく到着した。ドーム形の大きな会議ホール内に出動準備室がある。グラシット壁ごしに見わたすと、レジナルド・ブルがミュータントふたりといっしょにいるのを見つけた。ロイドとイルトは疲労困憊《こんぱい》しているようだ。短い説明をくりかえしている。

「ほかに説明がつきません」フェルマー・ロイドがうめいた。しゃべるのが苦痛のようだ。「アトランは頭のおかしいモンゴル人の手に落ちたんです。モンゴル人のバートルがグライダーでオーラの手前まで行ったとき、エネルギー壁はかなりはげしく脈動していました。グッキーもわたしも、アトランのメンタル・インパルスを感じることはまったくできませんでした」

ローダンは唇を一本の線になるほど引きしめた。ミュータントの観察はいくつかの可能性を示唆《しさ》しているが、そのひとつがおのずと胸に湧いてきて、額に冷や汗が浮かんだ。アルコン人はもう生きていないかもしれない。

「どんな対策をとった？」抑揚のない声でたずねた。

「特務部隊が広場に向かいました。ロボット部隊が護衛についています。アトランが乗っているグライダーに近づきたいのですが、問題は、広場のすぐそばの作戦地域ではもはや通信手段がないことです。オーラのせいで、半径一キロメートルにわたって通信障害が発生しています。特務部隊は独力で行動しているんです」

「だれが指揮しているのだ？」

「ジェン・サリクです」

　ローダンは満足げにうなずいた。これ以上の適任者はいないだろう。あの深淵の騎士はポルレイターのオーラ問題を処理するのにぴったりだ。

「すぐに出かける。高性能グライダーを用意してくれ……」ローダンの視線は出動準備室のうしろの壁にうつしだされたテラニア・シティの映像に向けられた。「ゴシュン湖の転送ステーション前に」

　ブルの顔にかすかな苦笑いがはしった。

「もう用意してあります。その方法を選ぶだろうと思っていましたよ」

　旧友の思慮深さへの強い感謝の気持ちが、ローダンの心を温めた。しかし、感謝の言葉で時間をむだにはできない。ローダンはちいさな転送ステーションの方向へ歩いていった。揺らめくエネルギー・フィールドに足を踏みいれる前に、ブリーの興奮した声が聞こえた。

「待ってください！　マレク・ハッサンが連絡してきました」

　ローダンは向きを変えた。受信機からオーラが原因の雑音がたえず聞こえてくる。科学者の声がした。

「……全員、広場をはなれました。避難の真っ最中です。アトランはたったひとりのこりました。かれは……」

「つまり、生きているのだな!」ブルは叫んだ。

「生きている?」マレク・ハッサンは理解できないのか、くりかえした。「だれが生きていると? アトランですか? ええ、もちろん。いまのところは大丈夫です。ただ、この先どうなるかはわかりませんが。オーラの脈動が、時を追うごとに強くなっていて……」

「わたしがそちらへ向かう」ローダンはきっぱりといった。

次の瞬間、その姿は消えていた。

*

ラフサテル=コロ=ソスは仲間の群れのあいだを、ゆっくりと下におりていった。クムラン=フェイド=ポグの攻撃は、防衛側の賢い戦略でいきづまった。かれらはポルレイターが集団でいなければ安全ではないことを理解していたのだ。

しかし、フェイドは攻撃の手をゆるめていない。計画の実行を考える前に、すくなくともコロの支持者を二百名、排除しなければならないのだから。コロはポルレイターの活動体のあいだを抜けて下に浮遊しているとき、未知者の力がまだ影響をおよぼしているのを感じた。その力は仲間の精神力を利用して自殺に追いこもうと、容赦なく頑強に働きかけている。混乱は相いかわらずひどかった。だから、できるだけ目だたないように下降するコロに、注意を向ける者はいなかった。

見ている者がただ一名いた。ワイコラ＝ノノ＝オルスだ。群れになって浮遊するポルレイターの下端にいた。フェイドの攻撃はそこがいちばんはげしかったからだ。

「そこにいるんだ」コロは通りすぎながら腹心の部下にささやいた。「助けを連れてくるから」

ノノは二秒間、じっとコロのうしろ姿を見ていた。なにを考えているのだろう？　クムラン＝フェイド＝ポグと未知の力がくだそうする運命から逃れるため、コロが卑怯にもたった一名だけで危険ゾーンから出ようとしていると思ったのかもしれない。だからといって、だれがそれを非難できるだろう？　ヴェガ星系での出来ごと以来、ラフサテル＝コロ＝ソスは仲間のあいだで面目を失っていた。ポルレイター種族を間違った道に導いたことはみな知っている。聡明さに欠けるだけではなく、それ以上に性格的に弱いことも思いだした。

ラフサテル＝コロ＝ソスについてまわる最悪の不名誉は、クリンヴァンス＝オソ＝メグへのひどい仕打ちだった。コロは当時、オソが深淵の騎士ふたりとの親密さからコスモクラートの任務を投げだし、テラナーに自分の悪口をいうのではないかと心配だったのだ。コロはオソがほかのポルレイターの目に裏切り者とうつるように、たえず陰謀をたくらみ、デマを流した。真実はどうでもよかった。オソとテラナーのあいだで話し合いがあったなどと嘘をついた。

コロはオソの支持者を引き抜くことに成功した。ポルレイターが惑星ズルウトでテラの大型宇宙船をはなれ、息を吹きかえした装置の力を借りて銀河系の侵略準備をはじめたとき、クリンヴァンス＝オソ＝メグはすでに追放者となっていた。それなのに、たったひと言の不平もいわなかった。

ワイコラ＝ノノ＝オルスが自分に不信をいだいたからといって、無理もないことなのではないか？

コロは群れから出て、足もとにしっかりとした地面を感じた。決断の瞬間は目前に迫っている。オーラの鈍く光るエネルギー外被ごしに外を見た。驚きでからだが硬直した。ひろい広場にはだれもおらず、ただ、未知の力の発信源であるテラナーを乗せたグライダーだけが光る壁の前にとまっている。すこし前まで公園の敷地でなにやら忙しそうにしていた数十人、あるいは数百人の者たちは、すべて姿を消していた。

わかった。この展開を考慮に入れなければならなかったのだ。オーラが揺れはじめたので、それにともなう超心理的・聴覚的現象がテラナーたちを追いはらったのだろう。巨大なエネルギー構造物がいまにも爆発し、広範囲に荒廃をもたらすとわかったにちがいない。だから、安全な場所に避難したのだ。

絶望に打ちのめされそうだった。そのとき、視野のかたすみでなにか動いた。異質な力にとりつかれたテラナーが乗りこんだグライダーの数メートル向こうの右側で、なにかが動いている。コロは神経を集中し、ある姿を見つけた。べつのテラナーがひとり、グライダーに向かって這っていく。自分は計画をあきらめる必要はない！　オーラから出られたら、暗闇で這っている者に助けをもとめよう。

コロは上で起こっている混乱を忘れた。視線を遠くにやって、それ以上映像を認識することをせず、注意をカルデクの盾の制御エレメントに集中した。構造通路をつくらなければならない。外に出るためだ。時間は数秒しかない。もっとかかるようなら、クムラン＝フェイド＝ポグが気づいて、こちらのもくろみを見通すだろう。

そうなれば一巻の終わりだ。

＊

ドームはますます強く光り、脈動し、轟音をたてている。近づけばそれだけ歩くのが苦痛になった。地面が震えた。淡紅色に光り振動する物体の向こうで、広場のシルエットが消えた。超心理的、音響的、機械的な影響が苦痛のシンフォニーを奏で、力を消耗させ、絶望の淵に追いこむ。

アトランは膝をつき、四つん這いで先を進んだ。痛みをすべて無視し、強いヒュプノ命令の影響に負けないいしぶとさで、一メートルずつ目標に近づいていった。正気を失ったモンゴル人をかたづけるのだ。ほかに解決方法はない。オーラの爆発は防がねばならない。ポルレイター二千九名だけでなく、何千という人間の命が危険にさらされる。カラコトは首都でもっとも人口密度の高い、貧しい地域のひとつである。避難の状況を調べる時間はまだない。これほど大規模な人間の移送が短時間では終了しないことは、わかりきっている。それなのに、脈動するオーラは夜空にさらに高く燃えあがっていた。もっとも高い建物の屋根の高さをこえてひろがっていく。カタストロフィはいつはじまってもおかしくなかった。

そうだ。ほかに選択肢はないのだ。

ひざまずいた姿勢のまま、背を伸ばした。ベルトから武器を抜くと、グライダーに狙いを定めた。明るく照らされたキャビンの内部に、動かないジューエ・バートルの華奢な姿が見える。しかし、狙っているのはグライダーのエンジン・カバーだった。フィールド・ジェネレーターにエネルギーを供給するマイクロ反応炉に命中させられたら……そうしたら……

まるで手のなかの金属が熱くなったかのように、アトランはブラスターを落とした。まだグライダーから二十メートルほどはなれている。もし反応炉に命中したら、自殺行為ではないか。こんなに頭が働かないのは不思議だった。なぜそれにもっと早く気づかなかったのだろう？　もっと近づかなければならない。標的はあのモンゴル人自身だ。武器をふたたび手にとると、さらに這っていった。あたりはまだ光と騒音であふれている。集合体オーラの脈動に合わせて轟音が響き、雷鳴のようだ。けばけばしい光の噴水のように、淡紅色の不気味なエネルギー構造物が高く伸びあがり、沈み、ふたたび伸びあがり……

どのぐらいの時間が過ぎたのか。ついにジューエ・バートルをしっかり標的として狙える場所までできた。もう不安は感じない。オーラはいつ爆発してもおかしくないし、周辺数キロメートルにおよぶ範囲に生息する生命がすべて消え去るかもしれないが、付帯脳はそんな考えを意識から遠ざけていた。気をそらしてはならないのだ。

ゆっくりと銃身をあげた。モンゴル人の上体が操縦席のへりの向こうに見える。アトランは照準装置の鈍く光る輪を移動させて、目標を完全にとりこみ、発射ボタンに指をかけた。目標確認のグリーンの印が一瞬、光った。人間をひとり殺すことになると理解していたが、心は空虚で冷静だった。

そのとき、轟音がして、跳びあがった。重くかたい素材を引き裂くような音だ。アルコン人はブラスターの銃身をおろすと、横に転がり、痙攣《けいれん》しながら燃えあがる集合体オーラの淡紅色の壁を見つめた。黒い裂け目がそこにできて、開いた部分から一ポルレイター活動体のシルエットが出てきた。信じられず、目を大きく見ひらく。一秒ごとにオーラの脈動が弱くなり、耐えがたいような音は消えていった。裂け目がバルブの役目をはたし、そこからカオスの破壊的エネルギーが無害化されて放出したようだ。

アトランは立ちあがった。ポルレイターが近づいてくる。背中の甲皮につけたネームプレートが見えるよう、なかば横を向いている。

「コロ……」アルコン人の口がかすかに動いた。

「そうだ」かつてのポルレイターの代表者は認めた。問題なくインターコスモを話すが、その声はひどく不安そうだ。「あなたの助けが必要なのだ!」

「その方法は?　どうやったら助けられる?」アトランは懇願するようにたずねた。いつのまにか、武器が手から落ちていた。「わたしになにができるか、いってくれ」

「いっしょにきてもらいたい」

「オーラのなかに?」

「フェイドをとめなければならない。われわれの種族を自殺に追いこもうとしているのだ。異人がひとり混じっていると計画が実現できないので、時間稼ぎになる。あのグライダーのなかにいる怪物の力は、永遠につづくわけじゃない。弱まるだろう。そうすれば、フェイドとその支持者たちがまともになるチャンスがくる」

じつにかんたんそうに聞こえた。いずれにせよ、長たらしい説明を聞いている時間はもうない。

「行こう」アルコン人は承諾した。

コロがアトランを支えた。奇妙な光景だった。しきりに明滅する淡紅色のオーラの反射に、一ヒューマノイドと一ポルレイターの姿が浮かびあがる。きのうまではおたがいにおおいに不信感を持っていたふたつの存在、考えられないほど異質な者同士が、兄弟のように抱擁し、片方はもう一方を助けている。

コロに支えられてアトランはうまく歩けた。オーラの規則的な轟音がおさまって、プシオン・インパルスの流れが弱くなったことにも助けられた。ふたりは開いたところに一歩ずつ近づいていった。まるで光るドームの底面を貫いて伸びるかのように、真っ黒な裂け目ができている。アトランは歩くことで精いっぱいで、ほかになにも考えられなかった。オーラのなかに入ったらどうなるのかなどとは、一秒も考えなかった。

突然、ポルレイターが立ちどまった。

「どうした?」アトランは当惑し、不審げに相手を見た。

「フェイドだ!」コロはいった。「フェイドが反撃をはじめる。こちらへ、急いで!」

裂け目を抜けて音が鳴りひびいた。巨大なオーラが突然に膨らみはじめ、雷鳴が大きな広場の上で高らかなファンファーレのように鳴りひびく。アトランは脳の奥深くで強弱をくりかえす音を聞いた。まるで頭が鐘になり、見えない者がそれを大きなハンマーでたいているようだ。痛みで眼孔《がんこう》から目が飛びだしそうだった。まわりの輪郭が痙攣し、踊りまわり、奇妙な模様のようになってぼやけた。もう立っていられない。

「わたしは……これ以上……」アトランはうめいた。

自分がどうなっているのかも、わからなかった。ラフサテル＝コロ＝ソスの懇願するような声が聞こえる。しかし、聞きとれたのはこれだけだった。

「われわれは負けてしまう……もし、あなたが……」

アトランにはもう力がなかった。最後の余力も使いはたしていた。一瞬、頭がはっきりしたときに、自分が地面に横たわっているのを知った。視線をあげると、コロがオーラの壁の構造亀裂を抜けて姿を消すのが見えた。光る壁の向こうで混乱がまたひろがりはじめていた。前よりももっとひどくなっている。

最後のチャンスを……逃したのだ！

6

ペリー・ローダンの特殊グライダーは、モンゴル皇帝広場を縁どる建物の屋根の上をゆっくりと滑空していた。夜はしだいに明けてきた。早朝の弱々しい光が、街灯の薄黄色やポルレイターの脈動するオーラの淡紅色とまじって、非現実的で不気味な色合いになっている。空気は震えるようなオーラから出る、はじけるような、割れるような音で満ちていた。オーラそのものは脈動のリズムに合わせて上へと伸びていく。この光を発するもののなかでなにが起きているのか、ローダンにははっきりとはわからない。しかし、はげしい戦いが起きたことはたしかだ。力の差がある者同士の戦いのようで、弱いほうは負けそうになっている。

屋根の向こうにはジェン・サリクひきいる特務部隊のグライダーが浮遊していた。下の大きな広場の中心部分である公園には、二機のグライダーがとまっている。ドームのどぎつい色の光が、オーラの手前に横たわる動かない姿にそそがれていた。グライダー二機のひとつのそばに立って、両手を振っている者がいる。

ローダンはいまの状況を数秒間、分析した。間違いは許されない。自分の行動を充分に理解していなければならない。集合体オーラのプシオン放射そのものに影響されることはなかった。背景音のようなもので、わずらわしいが危険ではない。深淵の騎士の地位が、自分と眼下で手招きするジェン・サリクを守ってくれている。ただ、地響きのような音は耐えがたかった。直接、頭に響き、全身に激痛がはしる。広場のまわりでは、無慈悲な音響エネルギー攻撃の犠牲になった古い建物が崩れおちていた。

ペリー・ローダンはグライダーを降下させ、ジェン・サリクのかたわらに着陸した。手首にはコスモクラートのリングが、さまざまな光を反射して鈍く光っている。

「やっときてくれたのですね」サリクの挨拶がわりの言葉だった。「オーラがあと数分で分解しそうな気がします」

ローダンはわずかにうなずいた。ふたりは肩をならべて、燃えあがるオーラの壁に向かって歩いていった。ローダンはもう一機のグライダーにふと目をやった。前かがみになって死んだように動かない細いからだが見える。それから、ドームの壁のすぐ前に横たわっている者を見つけた。

「アトラン！」

驚きのあまりそう叫ぶと、ローダンは友のそばに膝をついた。震える手で探るように生存の証《あか》しを探す。やがて、テラナーの目に安堵の光がわずかに浮かんだ。

「生きている」ローダンはかすれた声でいった。「ジェン、アトランをここから連れだしてくれないか。医師に診《み》てもらわなければ」

ジェン・サリクはこの願いを黙って聞きいれた。走り去ると、やがてグライダーでもどってきた。意識を失っているアルコン人をふたりでいっしょに機内に運び、サリクは操縦席に滑りこんだ。グライダーはまっすぐに上昇し、建物の向こうに姿を消した。

ローダンはそれを見送った。感謝で胸がいっぱいになった。ジェンが黙って自分のたのみを聞き、当然のように友の救出に協力してくれたことに対して。

このとき、ペリー・ローダンの頭をよぎったことに、ジェンは気づいただろうか？自分がカタストロフィを阻止できなければ、人類存続のために特別に重要なふたりが、あとにのこされるのだ。

ひとりの深淵の騎士と、宇宙の深淵に向かう長い道を最初から人類とともに歩んできた、偉大なひとりのアルコン人が。

＊

あたりはとどろく雷鳴とまばゆい光だけのようだった。ローダンはカタストロフィを食いとめるためにここにきた。コスモクラートのリングをつけている。しかし、どのように行動するかは、だれも教えてくれなかった。

割れるような、はじけるような音と、閃光が飛びかうこのカオスのなかで、どうやってこちらに注意を向けさせようというのだ？　いつのまにか数百メートルの高さに膨れあがった巨大なオーラの足もとにいる、ちっぽけな人間に、だれが気づくだろうか？

腕を高く伸ばした。リングの不思議な、エネルギーを帯びたクリスタルのような素材がオーラの光の炎のなかで赤熱《せきねつ》し、輝いた。ローダンは声をかぎりに叫んだ。

「やめるのだ！　コスモクラートがそれを望んでいる！」

不思議なことが起こった。リングがきらめきはじめ、光のカーテンができて、鈍く輝く霧のようにペリー・ローダンをつつみこんだのだ。テラナーは一瞬うろたえて、茫然と突っ立っていたが、やがてこのカーテンの意味がわかってきた。オーラに歩みよると、目の前に構造亀裂ができた。コスモクラートのリングから発した光るフィールドが、オーラのエネルギー外被を無効化したのだ。

ペリー・ローダンは構造亀裂を通って、別世界に入った。

薄明かりにつつまれていた。三十メートル以上はなれている対象物を見分けるのはむずかしい。耳を聾する轟音は鈍い響きになり、はげしくまたたく光は消えた。頭上では何百ものポルレイター活動体がうごめいている。目が霧のような奇妙な光に慣れるにしたがって、視界がさらにひろがった。

「やめるのだ！」ローダンはふたたび叫んだ。「コスモクラートがそれを望んでいる！」

その効果は唖然とするほどだった。その声は苦もなく轟音をかき消し、巨大なドームのすみずみまで響きわたった。岩の洞窟のまんなかでたったひとり、なんのさえぎるものもないなかで叫んでいるようだ。自分の声が幾重ものこだまになって響くのを聞いたとき、ローダンは驚いた。それは強者の言語だったのだ。

争い合うポルレイターのあわただしい、混乱した動きが遅くなった。テラナーの発した言葉がオーラのエネルギー壁に反響する。ポルレイターたちは高いところからローダンを見おろしていた。戦いがやんだ。活動体が一体、地面におりてきた。円形に配置されている八個の目が、五メートルもない距離からこちらを探るように見る。

甲高い声が響いた。

「この人は深淵の騎士だ。コスモクラートのリングをつけている！」

巨大なドームじゅうがいっきにしずまりかえった。ポルレイターたちは動かずに薄明かりのなかで浮遊している。その視線はどれもテラナーに向けられていた。ローダンはネームプレートを見て、甲高い叫びを発した者がラフサテル＝コロ＝ソスだとわかった。ポルレイターのかつての代表だ。話しかけた。

「わたしは驚き、失望した。誇り高く賢いポルレイター種族が、ふさわしからぬ大騒ぎをして、何千ものほかの生物を危険にさらしている。いったい、なぜだ？」

コロは曖昧なしぐさをして、いった。

「われわれ、おろかだった」

ほかにはなにもいわない。自分とその支持者がカオスを阻止しようとしたのだと強調することは、重要ではないから。騒ぎの原因をつくって危険な状態を引きおこしたのがクムラン＝フェイド＝ポグだということも、もうたいした問題ではなかった。両者はともに責任をとらなければならない。

「コスモクラートは望んでいる」ローダンははっきりといった。その声はドームの天井にまでとどいた。「ポルレイターが絶望的状況を乗りこえ、その生き方に意味と方向をあたえる新しい目的を探すことを」

口から言葉がすらすらと出てきて、驚いた。わたしはコスモクラートの望むことを知っているのか？　それでも、自分の言葉が物質の泉の彼岸にいる勢力の意志を本当に代弁していると、確信していた。

「コスモクラートの意志にしたがおう」ラフサテル＝コロ＝ソスは答えた。「われわれがどのような道に進むべきだと、あなたは思うだろうか？」

ポルレイターがテラナーに助言をもとめるとは！　数日前にはありえなかったことが、いまは当然のようになっている。

「宇宙の破壊的勢力との闘争はつづいている。セト＝アポフィスをおとなしくさせなければならない。ポルレイター種族の経験、知識と知恵が必要だ。ポルレイターと深淵の騎士のあいだには結びつきがある……それを通して、銀河系種族とも。紛争にそなえて戦略を定義し、決断するのは深淵の騎士の責任だが、ポルレイターにはその支援をしてもらいたい」

ローダンはまわりを見まわした。みなじっと聞いている。反論がありそうな者もいない。コスモクラートのリングがポルレイターの心を引きつけているのだ。

「このオーラは人口密集地域のまんなかにあり、脅威となっている」ローダンはつづけた。「オーラは消すしかない。それが最初の一歩だ。カルデクの盾のスイッチを切るのだ。それから、われわれの同盟宣言にどのような文言と意味内容を盛りこむか、話し合おう」

「ポルレイター種族がこれからも存在しつづけるためには、定住する場所が必要だ」ラフサテル＝コロ＝ソスはいった。「深淵の騎士を援助することになるなら、近くにいるほうがいい。そのような場所はどこだろう？」

ローダンの顔を微笑がよぎった。

「深淵の騎士は放浪者だから、滞在場所は宇宙全体になる。いつも近くにいることは不可能だ」それから、すぐ真顔になると、「テラナー種族はまだ若い。血気盛んだから、進化を遂げた賢人なら望ましいと思うようなことでも、不当に感じていつまでも根に持つだろう。ポルレイターがテラに滞在するのはふさわしくない。数カ月、あるいは数年先までテラナーの反感と戦うことになる」

「それならば、新モラガン・ポルドにもどろう」ラフサテル＝コロ＝ソスの言葉に突然、力がこもった。「宇宙船を一隻、用意してもらいたい。五惑星施設に定住することを許可してくれ」

ローダンはうなずいた。

「そうしよう」

＊

達成感がペリー・ローダンを満たしていた。ポルレイターが次々とカルデクの盾のスイッチを切っている。深淵の騎士の出現とコスモクラートのリングを見たことが、闘争的行動を終わらせたのだ。ポルレイターはふたたび無気力な思考力麻痺の状態におちいっているが、それは〝自己保存状態〟とはまったく違う。見えているし、聞こえてもいて、周囲で起こることをべつのやり方で知覚しているのだ。かれらは状況の急変に動揺していた。コスモクラートの力を認め、光るリングをつけた者の指示にしたがったものの、意識の奥底では、自分たちがどうなったか完全には把握していなかった。

オーラはとっくに脈動を停止していた。ドーム内の霧のようなものは刻々と晴れていった。外から見れば、オーラの光は明らかに弱まっている。そのエネルギー・フィールドは、カルデクの盾をすべて集めたものから供給されていたので、フィールドを維持する盾がなくなれば、それだけ光の強度は落ちる。

このあいだに外ではテラの首都に太陽が昇っていた。ローダンはオーラに近づいてくるふたつの人影に気づいた。ジェン・サリクとアトランだ。グライダー……意識を失ったかあるいは死んだのか、前かがみになった者の影が機内に見えるグライダーの方向からやってくる。ローダンはふたりの男がなかに入れるよう、オーラの壁に歩みよった。

コスモクラートのリングの力がうみだす光るフィールドで構造亀裂をつくるためだ。

ローダンとアトランは心から再会をよろこんで挨拶をかわした。このとき、謎の女ゲシールが引きおこしたふたりの対立は消えていた。アルコン人は専門知識を持った医師の手当ての甲斐《かい》あって、オーラの超心理的力との衝突による後遺症を数時間で克服していたのだ。

「また秩序を手にいれたようだな、騎士」アトランは軽い冗談を明るくいった。「わたしはばかだった。コスモクラートのリングの持ち主にもっと早く助けをもとめるべきだったのだ」

「あなたなりの理由があったのでしょう」ローダンは応じた。「論理的で正しいと思える理由が。状況があれほど急に悪化するとは、だれにもわかりませんでした」

アトランは肩ごしにおや指でグライダーの方向を指さして、

「責任はあそこにいる者にある」ジューエ・バートルと前の晩の出来ごとの関連を短く説明した。「正体は知らないが、なにかの宗教の狂信者だろう。愚者なのか、正気を失っていたのか。いずれにしても、ミュータントのような能力を使えた。自殺に追いこむことでポルレイターを涅槃に近づけようと、心にかたく決めていたのだ。ラフサテル＝コロ＝ソスが構造亀裂をつくり、カオスが最終段階に入ったとき、オーラ内から出たプシオン力が、ただでさえおかしくなっていた理性にひどく作用したのだろう。ジューエ・バートルは死んだ。医師はとりあえず脳卒中と診断した」

「カラコトにほかにもバートルのような者がいるか、探してみなければなりません」ローダンは真剣にいった。「その驚くべき能力を使えば、重要な使命をはたすことができるかもしれない……宗教的な妄想から解放することに成功すれば、の話ですが」

「そうかもしれませんね」ジェン・サリクが発言した。「しかし、いまわれわれにはべつの問題がある。避難した者たちがしだいにもどってきています。オーラが弱くなっていることに気づいて、遅くとも二、三時間のうちに完全に崩壊すると見当をつけるでしょう。全員、ポルレイターにとても腹をたてていますから、このニュースはすぐにひろまる。町のほかの場所から、自分たちもポルレイターへの鬱憤を晴らそうと、野次馬がなだれこんできます」

「対策はとったのか?」ローダンはたずねた。

「もちろんです。ジュリアン・ティフラーが状況をつかんでいます。当面、広場は封鎖します。しかし、あなたもご存じのとおり、何万人もの憤激し興奮した市民と治安部隊二百人のにらみ合いになったら、なにが起こるかわかりません」

「ポルレイターを安全な場所に運ぶことにしよう」ローダンはいった。「群衆が騒乱状態になる前に」

テラナーふたりとアルコン人のまわりにポルレイターが集まってきた。全員、カルデクの盾をすでに切っていた。銀色のベルトが作動停止したため、浮遊できなくなっている。たいていは動かずに、活動体を軽く前に曲げた独特の姿勢をとり、考えこんでいた。新しい状況を理解しようとしているのだ。自分たちは宇宙的出来ごとの枠内ですばらしい役割を引きうけたとうぬぼれていたが、それが永遠に終わったのだと、しだいにはっきり認識したらしい。光をはなつドームの底面は六千平方メートルもない。混雑はかなりのものだった。

やがて、もう目だたないオーラの最後の光が消える瞬間がきた。早朝の陽光あふれる広場がさえぎるものなく見える。周辺部を治安部隊の小隊がいくつかパトロールしている。広場に通じる通りは群衆で埋まっていた。

ラフサテル=コロ=ソスが近づいてきた。

「オーラはもう存在しない。ほんのすこし前、クムラン＝フェイド＝ポグが最後に自分の盾のスイッチを切った」

「感謝する」ローダンはいった。ポルレイターが自分たちのつくった境界をこえて出てきて、広場にひろがると、群衆はしだいに解散していった。「ベルトをはずすのだ。もうあなたたちはそれを必要としない」

活動体の表情を読みとるのは、はじめから厄介だった。しかし、ローダンはこのとき、コロの顔にあざけるような笑みが浮かんだ気がした。

「われわれだけでなく、だれも必要としないだろう」ポルレイターの代表はいった。

「どういうことだ？」

「もう作動しないから。カルデクの盾のスイッチを切ったとき、そのメカニズムを制御するロボット意識も死んだ。ロボット意識はコスモクラートのリングを見て、自分たちの使命がどっちみち終わったことを知ったのだ」

ペリー・ローダンは驚いて相手を見つめた。

「それは本当か？」

「本当だ」ラフサテル＝コロ＝ソスは答えた。「あなた自身がそれをもっともよく知っているはず。カルデクの盾は、ポルレイター種族の存続を保証する究極の武器として、いわば最後の砦として考えだされたものだ。種族を守る必要はもうない。われわれの時代は終わった。球状星団の中心部に隠遁し、あなたがたの助言者となるわれわれには、もう恐れるような危険はない。だから、ベルトのマイクロ・ロボットは活動を永久にやめたのだ。もうだれにもカルデクの盾を動かすことはできない」

＊

ペリー・ローダンが昼ごろにハンザ司令部にある自分の居室に入ると、直感的にだれかほかにいるような気がした。私室への通路は幾重にも保護されているが、保安対策のためのアクセスコードを知っている者は何人かいる。そのように調整したのだ。無条件に信頼できる友がすくなくとも半ダースいない男は、役にたたないというのが持論だからだ。

居間でゲシールが待っていた。その目ははげしい恨みで燃えあがっているようだった。怒り、興奮しているのだ。最初の言葉を吐きだすようにぶつけてくる。

「あなたはわたしのことなんてどうでもいいと思っているのよ！」

ローダンはまだモンゴル皇帝広場で受けた失望感を引きずっていた。ポルレイターのカルデクの盾を宇宙ハンザの兵器庫にくわえたいと思っていたのだが、ラフサテル＝コロ＝ソスの話はその計画を打ち砕いた。究極の武器ともいえるものの恩恵を宇宙ハンザがこうむることは、もうないだろう。そのことが頭をはなれず、気持ちが沈んでいた。

だから、いつもならゲシールの魅力に負けてしまうのだが、とりあえずいいかえすことができた。

「やらなければならないことがあったのだ」それだけ答えた。

「ええ、知っているわよ」ゲシールはむきになった。「ペリー・ローダン、あなたは深淵の騎士であり、人類の騎士なのよね。モンゴル皇帝広場での登場をすべて見ていたし、聞いていたわ。わたしは……」

「登場だと？」ローダンは相手の言葉を不機嫌な声でさえぎった。

ゲシールは恨みつらみをいってもどうにもならないことがわかったようだ。

「ごめんなさい。そんな意味でいったのではないの。あなたがポルレイターを救い、カタストロフィを阻止したことは知っているわ。でも、わたしにも……わたしにもだいじなことがあるのよ。キウープを探しているの。ペリー、あなたに助けてほしいのよ！まるで、わたしなんかいないみたいな態度をとられるのが耐えられないの」

ローダンの腹だちは即座に消えた。ゲシールに歩みよると、両手を肩にまわし、引きよせる。

数日前の出来ごとの記憶がよみがえってきた。ゲシールが《バジス》のデータ記憶装置に入っている情報を探っていたのだ。ヴィールスの組成とか、その類《たぐ》いのものに関する情報らしい。そのとき、ゲシールは……それがはじめてではなかったが……行方不明のヴィールス研究者キウープを探してほしいと打ち明けた。探したい理由はわからないという。ローダンは力を貸すことを約束した。ゲシールはそのあいだにも、独力でさらなる手がかりを探していたらしい。ウェイロン・ジャヴィアから、《バジス》がノルガン・テュア銀河を飛行中にばったり出くわしたという謎の雲について短い報告を受けたことがあった。だが、この騒ぎで、アーカイヴに保存されているくわしい記録を見ることはできずにいる。

「スラケンドゥールンか」ローダンは考えこんでつぶやいた。

「キウープが話していたわ。おたがいに遠く隔たったさまざまな場所にあるヴィールス・インペリウムの一部分が、コスモクラートの依頼によって再建されるって」ゲシールは熱心に説明した。「充分な数がそろったらすぐに集積場に運んで、そこで組み立てるらしいの。スラケンドゥールンは強者の言語で〝集合場所〟という意味よ！　キウープを見つけるなら、ノルガン・テュア銀河にもどらなければならないわ」

「キウープ探しの手助けをするときみに約束した」ローダンはいった。「約束は守る。しかし、いましなければならない重要なことがあるのだ。ポルレイターの問題が解決したら、すぐにヴィールス研究者のことにとりくもう。こちらの状況を理解して、もうすこし辛抱してほしい」

ローダンはゲシールをさらに引きよせようとしたが、彼女はそれを振りはらい、怒って部屋から飛びだしていった。

ローダンはそのうしろ姿を見送り、扉が閉まってからもしばらくそのままでいた。スラケンドゥールン……集合場所……キウープ……これらの言葉が頭にのこっている。いつか関わることになるだろう。

＊

二千九名のポルレイターは憤激した大群衆の面前から、すばやく安全な場所に運ばれた。ハンザ司令部の宿舎だ。一方、テラニア宇宙港にはM－3に向かう巨大宇宙船が用意されていた。

ポルレイターと、深淵の騎士ふたりが代表する銀河系種族との同盟交渉は、満足できるものだった。これから、騎士はポルレイターの知識を使うことができる。どんな問い合わせも〝必知事項〟とされ、敵超越知性体セト＝アポフィスの平定との関係が認められなければならないという但し書きがついたが、それは決まり文句にすぎない。ペリー・ローダンとラフサテル＝コロ＝ソスはそれをはっきり認識していた。コロはあらためて種族の代表の役目をはたすことになった。クムラン＝フェイド＝ポグはみずからの行動を精神錯乱と呼び、すべてのポルレイターの面前で許しを請うた。

同盟の文言はポジトロン保存された。ラフサテル＝コロ＝ソスは三つのデータ装置に同じ文面を記録し、五惑星施設のコンピュータに入力するつもりだ。別れはあっさりとしていた。ポルレイターとテラナーは過去数日の混乱により、おたがいに近づいたものの、まだ友ではない。宇宙港への輸送は転送機でおこなわれた。激昂して町のあちこちに集まった人々に、憎い異生物を襲うチャンスをあたえないためだ。

乗船は妨害もなく、すばやくおこなわれた。最後にラフサテル＝コロ＝ソスだけがまだ、最下層セクターのハッチにつづくエネルギー斜路のしたに立って、

「われわれの出会いはもっと平和的な、もっとよろこばしいものになっていたかもしれない」と、いった。「そうならなかった責任はわれわれにある。理性が鈍っていたのだ。自分たちの傲慢さからみずからを監獄に閉じこめ、そこから解放してもらったことに感謝もせず、あなたがたにこちらの意志を無理やり押しつけようとした。いつかわれわれを許してもらいたい」

「許しなどといわないでくれ」ローダンはほほえみながら答えた。「もとめるのは許しではなく、理解だ。われわれはみな不完全で、だれもが間違いをおかす。重要なのは、忘れ去られていたポルレイター種族がふたたび脚光を浴びたという、そのエピソードだけだ。秩序の勢力が破壊の勢力に抵抗しようとするとき、あなたたちの知識が必要になる。われわれは全員、その戦いのただなかにいる。誤解でおたがいを引き裂いてはならない」

すると、不思議なことが起こった。ポルレイターがはさみのような把握器官を持った手を伸ばしたのだ。テラナーを見習ったしぐさだった。とても不自然だったが、ローダンの言葉への同意をあらわすために、実行したのだろう。

「感謝する」ラフサテル＝コロ＝ソスはかしこまっていった。

ローダンはテラのやり方にしたがい、さしだされた手をとって、それを振った。ラフサテル＝コロ＝ソスは向きを変えて、エネルギー斜路をのぼっていく。巨大宇宙船は数分後に出発した。ローダンは、それが春を待つ空の淡い水色のなかに消えるまで見送った。

もの思いにふけりながらハンザ司令部にもどる。転送機ではなく、グライダーを使って、大きな町の通りを抜けた。ひとつのエピソードが終わった。ポルレイターの予測のつかない行動がセト＝アポフィスとの紛争に悪影響をあたえる危険はなくなった。人類と銀河系諸種族は、試練に耐えて危機を回避した。自分たちの行動を誇りに思っていいだろう。さまざまな脅威に武器で応じる時代は、ついに過ぎ去ったのだ。

次はどうなる？

コスモクラートから依頼された何百という使命が待っている。それらは破壊の勢力との戦いを意味するものだ。フロストルービンをしずめなければならないし、キウープも見つけたい。ゲシールにたのまれたからではなく、ヴィールス・インペリウムとはどのようなものなのかを、自由テラナー連盟と宇宙ハンザは知らなければならないからだ。コスモクラートが三つの究極の謎に対する答えを探せと、深淵の騎士に直接たのんだわけではない。しかし、ペリー・ローダンは三つの謎をひっくるめてモノリスのような複合体として見ており、それを究明したいと考えていた。

グライダーは脇道を抜け、混雑したメインストリート進入用の道に入って、速度を落とした。ローダンはふと横を見た。建物の壁に、雨風にさらされて、ぼろぼろになったポスターがある。書いてあることがなんとか読めた。

孤立こそ安全である！

——ウェイデンバーンの言葉

ローダンは疲れた微笑を浮かべた。もうひとつ使命があったことに気づいたからだ。ウェイデンバーンとはなにものなのか、突きとめなければならない。支持者の数がますます増えているのだ。

＊

なにごともない日が数日つづいた。自由テラナー連盟と宇宙ハンザとGAVÖKの上層部は、ポルレイター・ショックから回復しはじめていた。すべてがもとのようになっていった。ポルレイターは球状星団M‐3に進入する直前に最後の挨拶をよこしていた。もうきっと新モラガン・ポルドの五惑星施設に到着したことだろう。

フロストルービンの前庭から持ってきて、M‐82銀河を起源とすることがわかった岩ブロックの分析は、成果がないので中断された。岩は謎を秘めたままだ。〝石の使者〟と呼ばれてはいるが、最新式の分析方法を用いても、使者のメッセージはわからなかった。

その日の午後、ペリー・ローダンはハンザ司令部の制御センターにいた。レジナルド・ブルと行政上の問題をいくつか話さなければならなかったからだ。ジェン・サリクが同伴していた。かれらが隣接する会議室のひとつにまさに入ろうとしたとき、ヒツジの鳴くような独特の音が緊急事態を告げた。ローダンがみずから、フロストルービンの前庭にいるタンワルツェン指揮下の《プレジデント》との通信連絡のために、とりつけさせたものだ。

ローダンは三、四歩進み、受信機の前に立った。装置からは雑音のようなものが聞こえていたが、やがてタンワルツェンの声がした。はてしなく長い管を抜けてくるかのように、うつろに響き、ほとんどなにをいっているかわからない。

「宇宙船です！　信じられないほど多くの！　これほどの数はこれまで見たことがあり

ません！」

タンワルツェンはそれだけいった。ひどい通信状態だが、その声から興奮しているのがわかる。受信機のスイッチが自動的に切れた。ローダンは身を起こした。気がつくと、ジェン・サリクとレジナルド・ブルがあとを追ってきている。

「セト＝アポフィスが一枚嚙んでいますね」サリクはいった。

ローダンははるか遠くを見るような視線でサリクを見て、

「あるいは、ほかのだれかだな」と、突然いった。

ペリー・ローダンはにやりと笑った。よくあるパターンだ。それとも、こんどは違うのか？　ひとつ危機を乗りこえるとすぐに、次のものがあらわれる。

宇宙の力に関わった者は、気が安まることがないのだ。

フロストルービン

ウィリアム・フォルツ

夢みるのをやめ、宇宙に背を向けて見かぎれば、
人類の歴史は終わるだろう。

T・E・ロレンス

登場人物

ペリー・ローダン……………………銀河系船団の最高指揮官
アトラン…………………………………アルコン人
ウェイロン・ジャヴィア………《バジス》船長
アリーン・ハイドン……………自由テラナー連盟（ＬＦＴ）職員
タウレク…………………………………彼岸からきた男
サーフォ・マラガン……………ベッチデ人。クランドホルの賢人
ブレザー・ファドン……………ベッチデ人のもと狩人
グー……………………………………クラン人。クランドホルの公爵
ジェルシゲール・アン…………《ボクリル》艦長。シグリド人司令官

なにかを探しているひとりの男を想像してみるがいい。男が知っているのは、探すべき目標だけだ。それが人生すべてを支配している。

そんな男のイメージが浮かんだら、想像してみるがいい。男の父親も、祖父も、曾祖父も、その目標を探していたことを。霧につつまれた遠い遠い過去、人類が意識というものを持ちはじめたばかりのころから、すべての祖先がそれを探してきたのだ。

そのすべてを……理念の持つ力と、かれらが費《つい》やしてきたとてつもない時間を……想像することができたなら、無限アルマダの司令官でいることがどういうものか、わかるかもしれない。

1　司令官

錨形《いかり》フォーメーションで移動していた。〝黒の成就〟にかけて、錨形フォーメーションだ……まるで、この全宇宙に自分たちのとどまる場を つくるかのように。

ジェルシゲール・アンはストレスをかかえ、疲れてシグリド艦の艦首に立っていた。このようなときには、リウマチの痛みやこの単調さ、しずけさ、孤独にこれ以上耐えられないと思うことがある。

クロノグラフに思わず目をやった。次の睡眠段階に入るまでには、まださらに何年もあることはわかっているが。

シグリド人の宇宙船五万隻からなるアルマダ第一七六部隊は、無限アルマダの中央後部領域、側部三十四セクターを、錨形フォーメーションで飛んでいる。退屈した操縦士たちがふざけているのだ。

アンは全艦インターカムのスイッチを入れながら、べつの手で背中にある脂肪の瘤《こぶ》を掻いた。ここしばらく、この瘤から栄養を補給している。口から食べることもできただろう。厨房にいる汎用ロボット〝アルマダ作業工〟は、魔術師のように薬味のきいたうまい料理をつくる。しかし、食堂に行く気がしないのだ。

アンは黒い目でちいさな送信機を見つめ、命令を出した。すっかり分別を失っていた。《ボクリル》の乗員はすでに、自分のことを噂しているだろう。

「錨形フォーメーションをやめろ！　戦闘用意！」

突然つむじ風に襲われたかのように、部隊はあわててフォーメーションを解いた。副長たちはいま全員〝睡眠ブイ〟のなかにいるし、下級指揮官たちにはアンの命令が無意味だと非難する勇気はなかったからだ。

「迅速な行動だ！」アンはほめたが、すぐに良心がとがめた。「わたしはただ、そうできるかどうか知りたかっただけで……」

そのとき、それは起こった！

すべて無意味とも思える作戦行動を命じた自分自身へのいらだちと、リウマチの痛みが背中に重荷のようにのしかかり、アンが苦しみながら立っていた、そのときだ。

アンは叫んだ。アンはよろめいた。

驚きが駆けぬけた。どの受信機からも宙航士の叫び声が響いている。アンのそばでは、みな足を踏み鳴らしている。ただひとりだけが歓声をあげた。

信じられないような興奮がアルマダ第一七六部隊の全艦をつつんでいた。幸運を手にするのが自分たちの部隊だったら、どんな気持ちになるだろうと、よく話したものだ。しかし、本気でそんなことを信じている者はいなかった。

アンは嵐のように襲いかかってくる感情に揺さぶられた。《ボクリル》の艦内だけでも三人のシグリド人が神経虚脱状態におちいり、死にそうになっている。

アンは震えた。考えがちりぢりになり、まとまらない。

それでも、大スクリーンを見た。

そこにあるのは、矮小銀河《わいしょう》の破片からなる瓦礫《がれき》フィールドだ。部隊はしばらく前からそこに近づいている。

アンは身震いした。

〝瓦礫フィールド〟!

だれかが腕をつかんできた。天文学者のランだ。むせび泣きながら、なんとかおちつきをとりもどそうとしている。

アンはランを押しやって、スクリーンを見つめた。

見ているのは、しかし壮大な眺めだった。永遠につづくかのようなアルマダ部隊の列が宇宙空間を横切って、ゆっくりと移動していく。実際にどれほどの規模なのかは、オルドバンでさえ知らないだろう。無限アルマダがもうどのくらい移動をつづけているか、だれもわからない。自分が立っているこの場所にかつて立った数多くの司令官のことを考えると、アンは突然、涙がとまらなくなった。かれらは希望も成果もなく、ただ無意味に老いていったのだ。

わたしなどこの功績に値《あた》いしない！　その考えが、冷静になったアンの頭に最初に浮かんだ。

大スクリーンの映像はアルマダ中枢から送られていた。このあたりに展開する艦が送ってくる多くの映像をつなぎ合わせて、理解できるひとつの映像にしている。これを真っ先に見たのはオルドバンだろう。オルドバンは最初から無限アルマダにいたといわれるが、そもそもなにものなのか、だれも知らない。

まあいい、正体を知られたくないのだろう！　アンは考えた。

全艦インターカムの受信機から質問の嵐が押しよせていた。アンはさっさとスイッチを切る。前のめりになると、手すりにもたれかかった。

本当は、すべてが理解できなかった。

しかし、終わった。常軌を逸した捜索が、ついに終わったのだ。

ターツァレル・オプが歩みよってきた。副長たちが睡眠状態にあるので、いまのところオプはアルマダ第一七六部隊のナンバー2だ。

アンはオプが好きでなかった。オプは軍事官僚だと思っている。それだけでも嫌悪感をおぼえるには充分だった。

しかし、オプは現実をよく見ている。それは次の質問によって証明された。アン自身の頭にも浮かんだのだが、不快感からまだ言葉にしていなかった質問だ。

「この瓦礫はいったいなんですか？」オプは脅すようにたずねた。

アンは答えを避けた。突然、なにかとりかえしのつかないことが起きたのではないかと恐くなったのだ。自分たちはくるのが遅すぎたのかもしれない。

もう一度、スクリーンに目を向けた。アルマダ中枢は冷静をたもっているようだ。再生映像に問題はない。

宇宙の瓦礫フィールドのほぼ中心に、物質のない部分がある。円盤のようなかたちをしていた。直径は二千光年で、百光年の厚みがある。

しかし、それは黒い虚無のようなものではない。

〝トリイクル9〟だ。何百万年も前から、数十億隻の艦船がこれを捜索してきたのだ……

＊

アンの顔には長年にわたっての忍耐、集中力、経験が刻まれていた。老《ふ》けているが、味のある顔だ。シグリド人の温かみが感じられる。

アンが司令室に立っているのを見た者は、艦の一部だと思うかもしれない。不思議な感じで環境にすっかり溶けこんでいるからだ。ほかの多くの司令官たちがほしくても手にいれられなかった、ある種の威厳を持っている。アンは司令官という地位そのものだった。

いい意味で、アルマディストなのだ。

ジェルシゲール・アンは背の高さが二メートル以上ある。肩幅がひろく、筋肉がたくましいからだは、さまざまな大きさとかたちの水疱におおわれていた。すべてのシグリド人は泡風呂から出たままのように見える。大きなからだと赤黒い水疱が不気味な感じで、落ちくぼんだ黒い目も同様だ。アンも例外ではない。足はほかのシグリド人よりも太く短く、背中の瘤が目だつ。この〝有機リュックサック〟から、数カ月は栄養を補給することができるのだ。

シグリド人にはまったく毛髪がなかった。頭の水疱のあいだから、多数の聴覚器官が棒のように伸びている。知らなければ、髪の束に見えるかもしれない。

頭部は胴体にほぼ直接のっていた。頸が短いため、すばやくは回せない。鼻は目だたない瘤のようで、その下にはがっしりとした漏斗《ろうと》のような顎が突きだしていた。漏斗は発音器官として、また食糧の摂取にも使われた。

たいていのシグリド人と同じく、アンも人工皮革の軍服を着ている。幅ひろいベルトをたすきがけにしていた。ベルトにつくりつけのポケットには、身のまわりのこまごましたものと緊急装備品が入っていた。

「この瓦礫はいったいなんですか?」ターツァレル・オプはくりかえした。無意識にアルマダ共通語でしゃべっている。無限アルマダに所属するすべての種族同士が会話するときに使う言葉だ。

アンは思わずオプのアルマダ炎を見た。炎がしかるべき場所にあって、オプが本当に無限アルマダのメンバーかどうか、たしかめるように……

無限アルマダで生まれた者は全員、すぐにアルマダ印章船でアルマダ炎を授けられる。これはすみれ色のほぼこぶし大の光の玉で、どのアルマディストの頭上にも、てのひらふたつぶんくらいのところに浮かんでいる。生涯ずっとそこにあって、とほうもない作戦のメンバーであることを証明するのだ。

アルマダ炎はけっして消えない。風のなかでも、水のなかでも、真空のなかでさえも。ただ、アルマディストが死ぬと、光の玉はまばゆく光り、エネルギーの炎となって、なくなる。

アンはオプの発言を無視して、しばらくしていった。

「トリイクル9でなにかが起こっている」

アンは自分の義務を思いだし、ふたたび全艦インターカムのスイッチを入れた。いつのまにか、妙にしずかになっている。

艦隊に満ちたのは歓声ではなかったのだ、と、アンは気づいた。むしろ、うめき声だった。

シグリド人の先祖が出発したのはあまりに遠い過去だ。だれもうトリイクル9を信じていない。

「当面は静観する」アンは自分の冷静な声を聞いた。「全艦、いまの隊形をたもつように」

いつまでそうするか、伝えることもできたかもしれないが……

オプのほうを向くと、かれにだけ、こうつけくわえた。

「アルマダ中枢からの命令を待つ」

ゆっくりとだが、アンは奇蹟のすべてを理解しはじめていた。トリイクル9が見つかったことだけでなく、すべてのアルマダ部隊のなかで、このシグリド人の第一七六部隊がもっとも目標の近くにいることを。

これではっきりわかった。やるべきことがあればシグリド人が動くことになるのだ。

自分がなにを考えているのか自覚したとき、アンは熱いものを感じた。

アルマダ中枢からの広域通信がきて、考えが中断された。

それは未確認の宇宙船が複数いるという警報だった。

「どのくらいいるのだろう？」オプに形式的にたずねた。

オプは軽蔑するような笑みを浮かべた。顔の水疱がゆがむ。

「数百隻です。われわれにとってはたいした数ではありません」

オプにとって、未知の宇宙船はつねに戦闘を意味する。その考えがけっして変わらないことを、アンは知っていた。オプはほかの多くのアルマディスト同様、無限アルマダの支援があるので困難はないと思いこんでいる。まして、異人の宇宙船など……オルドバンならどうするだろう。アンはよくそう考える。しかし、オルドバンが実在するかどうかもわからない。

技術者のズーがコンソールに近づいてきて、

「未知宇宙船の正体はまったくわかりません」と、いった。

オプは八本指の手の片方を伸ばした。

「その者たちはトリイクル9のあたりにいます。なにかするつもりでしょう」オプは断言した。「それ以上のことはわかりませんが」

オプとアンは同《おな》い年《どし》だ。共同保育で大きくなり、おたがいにいつも近くにいたのだが、最後には道が分かれた。アンはオプの好戦的な行動のせいだと考えている。しかし、オプのほうは……そもそも、それについて考えることがあるとすればだが……ふたりの心がはなれたのは、アンのせいだと思うにちがいない。

このあいだにおちついたらしいランが提案した。

「測定をはじめてはどうですか？」

たしかに、数千体のアルマダ作業工がもう測定に専念しているだろう。アンはそう考えた。しかし、自分たちも同様にそれをはじめない理由はべつにある。

しかるべき命令を出した。それから、トリイクル9発見のショックで死んだ者たちを〝黒の成就〟にささげると、全艦インターカムを通して伝えた。

もしかしたら……と、アンは思った。死者のほうが自分より先を進んでいて、より幸福なのかもしれない。

＊

《ボクリル》はアルマダ第一七六部隊の旗艦で、千五百メートルの長さと幅の典型的なシグリド艦だ。この大きさの艦はすべて、タンクと呼ばれる本体および、巨大な駆動装置〝グーン・ブロック〟四基をとりつけた四本のシャフトで構成される。タンクは長さ四百メートル、直径六百メートルのシリンダー形で、司令室がある艦首はややまるみを帯びている。四本のシャフトはタンクからななめ下の艦尾方向に均等に突きだしていた。その先端にそれぞれ、高さ四百メートル、幅と奥行き二百メートルの箱形のグーン・ブロックが接続されている。

どのアルマダ艦にもシグリド人部隊の艦と同様、グーン・ブロックが接続されているが、その数や大きさはいろいろだ。グーン・ブロックはアルマダ牽引機とも呼ばれる。無限アルマダ全体のなかには、接続されていないアルマダ牽引機が数十万基あって、目的に応じていつでも呼びだし、投入できる。

グーン・ブロックはアルマダ作業工や睡眠ブイと同様、特定のアルマダ種族ではなく上位存在が開発した技術で、すべてのアルマディストが使うことができる。そうでなければ、さまざまな種族の艦隊がまとまって同じコースをとるなど、ほとんど想像できなかっただろう。

スクリーンを見ていたアンは、ほかのすべての個人用キャビンと同じように、《ボクリル》のシャフト四本のなかにある自室キャビンに、ふともどりたくなった。アンは疲れていたのだ。

「相手は多種族の集合体のようです」オプが主スクリーンを指さした。そこには未知宇宙船のいくつかの影がくっきりと浮きでている。

大部分は砲弾形の非常に細長い船で、ほぼ五百メートルの長さがあった。そのそばには有翼艦や、半円形で表面に泡に似た部分があるもの、箱形の出っぱりを持つ円盤形宇宙船、長く針のように細い船首のロケット船……

「もしかしたら、アルマディストかもしれないぞ！」アンはオプをからかってみた。

「われわれはアルマダ種族のほんの一部しか知りませんが」オプは冷静だ。「しかし、これらの船内にはアルマダ炎を持つ者はひとりもいません。それに、無限アルマダからあまりに遠くはなれていますす」

司令官はゆっくりとうなずいた。

無限アルマダは全体でたえずひとつの方向に動いている。しかし、あまりに巨大なので、そのなかではまったく逆方向へ行くことも可能なのだ。

とはいえ、アルマディストたちは、みずから〝強制インパルス〟と呼んでいる内なる強制によって、無限アルマダの辺縁から一万光年以上はなれることはできない。

だが、この強制インパルスが本当に機能するかどうかはだれも知らなかった。これまでやってみたという者の話も聞いたことがない。アンはふと、無限アルマダから一万光年以上はなれてみようかとひそかに考えることがある。もちろん、けっして実行はしないだろうが。

このとき、アルマダ中枢から命令があった。

異人の艦船はトリイクル9近くで作戦を展開している。無理にでも追いはらうように、ということだ。

アンは数隻の艦を送りだし、近くにいるほかのアルマダ部隊と手を組んで、命令を遂行することにした。オプがこの任務をどうしても引きうけたいようだったが、アンは引きとめた。

命令は追いはらえといっているが、オプはそれを自分なりに解釈して、異人の艦船を殲滅《せんめつ》するだろう。

アンは全艦インターカムの装置に身をかがめた。

「シグリド人たちへ、こちらはジェルシゲール・アンだ。知ってのとおり、とてつもないことが起きた。われわれ、トリイクル9を発見したのだ。だが、無限アルマダはあまりに大規模になり、あまりに長く移動してきたため、この発見がどんな意味を持つのか、見きわめるのはむずかしい。ただ、ひとつたしかなことがある。トリイクル9は無傷のままではない。これを侵害した犯人を見つけだし、罰しなければならないだろう。アルマダ中枢からの賢い決断を待とう」

まだ話しているあいだに、オルドバンが……あるいは、だれにせよアルマダ中枢で指揮をとっている者が……トリイクル9の発見にとまどっているのではないかと思いはじめた。アルマダ中枢ではもうなんの成果も期待していなかったのかもしれない。それでも、こういうときのために用意されたプログラムがあるはずだ。

なぜ、それがまだはじまらないのか？

瘤にリウマチの痛みがはしることのないよう、アンはゆっくりと振り向いた。突然、空腹をおぼえる。だが、いまはそれよりも、睡眠ブイに入りたい。

弱みを見せまいと、背筋を伸ばした。アルマダ作業工を一体呼んで、宇宙服を持ってこさせる。

「ひょっとして外へ出るつもりですか？」ターツァレル・オプがうらやましそうにたずねた。

アンは答えなかった。これからどうするかわからないし、オプをほんのすこしじらしてやりたかったからだ。アンがこのとき考えていたのは、アルマダ中枢からくる指示のことだけだった。

＊

アルマダ艦がこれまでにこなしてきた道のりを考えれば、かれらがトリイクル9の周辺から異人の艦船を駆逐するのは、比較にならないほど短い時間で充分だった。アンはそのようすを見て、宙航士たちがどれほど行動したがっていたか、いかに自分たちの優位な条件をうまく利用したかがわかった。異人たちはアルマダ艦の優勢にまさに圧倒された。二度だけ応戦してきたが、結局は自分たちに勝ち目がないことを見てとって、撤退した。

シグリド人の部隊がもどったとき、驚きが待っていた。宙航士が直径二百メートルの球型宇宙船を一隻、拿捕《だほ》したのだ。この未知船の外殻に数基のグーン・ブロックを接続して、牽引してきていた。未知船の乗員が助けを呼べないように、妨害フィールド・プロジェクターが投入されていた。

アンは部隊長のゴーマードル・スポに説明をもとめた。

「この船は異人の仲間ではありません」スポは簡潔に説明した。「単独で作戦行動をおこなっています。どうやら、ほかの艦船を監視するのがその役目だったようです。こちらを発見すると、行動を変えました。この球型船がどこからきて、なにをしようとしているのか、調べるべきでしょう」

アンはスポの意見に賛成し、アルマダ中枢へこのアクシデントを報告した。

スポはこの球型宇宙船のクローズアップの映像を送ってきた。アンのスクリーンにエアロックのカットがうつしだされた。そこにはいくつか大きな文字が見えた。アンには意味がわからないが、こう書いてあるようだ。

〝プレジデント〟と。

2　テラナー

新銀河暦四二六年三月十五日、ほぼ二万隻からなる銀河系船団は、フロストルービン宙域に到着した。そこで、全艦船の探知装置が信じられないものを発見したのだ。〝銀河系船団〟という名前にこだわったのは、銀河系の全宇宙航行種族の総意をあらわしているからだ。これは類《たぐ》いまれな部隊だった。数の多さではなく、その構成と指導的メンバーについてだ。

ポルレイターによるフロストルービンの封印を脅かす制動物質をすべて破壊するため、銀河系船団は太陽系を出発した。この出動と大規模な機材投入のもうひとつの理由は、スター級巡洋艦《プレジデント》から最近とどいた通信連絡にある。それはこの宙域から発せられていた。

内容は次のとおりだ。

〝宇宙船です！　信じられないほど多くの！　これほどの数はこれまで見たことがありません！〟

その後《プレジデント》は沈黙した。ゾンデを使い、すこし前に設置した通信リレー経由でふたたび連絡をとろうと試みたが、うまくいかなかった。

ペリー・ローダンをトップとする宇宙ハンザの幹部たちは、《プレジデント》の最後の通信がネガティヴ超越知性体セト＝アポフィスの大規模攻撃を意味するのではないかと、不安をいだいていた。

銀河系船団の指揮船は《バジス》で、ペリー・ローダンも乗っていた。総指揮官はローダンの息子ロワ・ダントン、船長がウェイロン・ジャヴィアだ。《バジス》の船内にはそれ以外の重要な人物もいた。ミュータントのラス・ツバイ、フェルマー・ロイド、イルミナ・コチストワ、グッキー。それにジェン・サリクとアラスカ・シェーデレーア、ゲシール、デメテル、カルフェシュもくわわっている。

もう一隻の指揮船は《ソル》で、指揮はアトランがとっている。

銀河系船団には特務艦隊がふたつ所属していた。第一は《ツナミ1》から《ツナミ20》で、ロナルド・テケナーとジェニファー・ティロンが指揮をとる。第二の特務艦隊は〝ディノNGZ〟という新タイプの艦隊テンダーだ。固有名《白雪姫》が、クリフトン・キャラモン指揮下の《ソドム》を輸送する。

大きさで目を引くのは、やはりギャラクシス級の《ラカル・ウールヴァ》だ。ブラッドリー・フォン・クサンテンが艦長で、かつての《ダン・ピコット》の乗員全員が乗り組んでいる。

これに星雲級の大型艦十隻、スター級巡洋艦千五百隻、ディノNGZ級艦隊テンダー二十隻がくわわる。

宇宙ハンザからはコグ船千隻、軽ハルク船二千隻、重ハルク船五千隻、カラック船一万隻が動員されていた。

総数は正確には一万九千五百五十四隻。略して、二万隻の銀河系船団と称する。

《ソドム》をのぞいたすべての艦船は、新開発のメタグラヴ・エンジンを搭載している。

ペリー・ローダンはフロストルービン宙域での出来ごとを憂慮し、重い気持ちでこの出動を決意した。幸運なことに太陽系は平穏だった。ポルレイターはとっくにM－3に引きあげていて、もう危険はない。数多くのハンザ・キャラバンは、その週のうちに隣接する銀河へ向かい、他種族と連絡をとることになっている。すべてはセト＝アポフィスの破壊的な力に対抗し、〝それ〟の力の集合体を安定させるためだ。

レジナルド・ブルはペリー・ローダンがいないあいだ、宇宙ハンザの統括をしぶしぶ引きうけていた。ほかにはジュリアン・ティフラー、ホーマー・G・アダムス、ガルブレイス・デイトン、ジェフリー・アベル・ワリンジャーがいる。銀河系諸種族の尊厳連合つまりGAVÖKの代表であるプラット・モントマノールも全計画を周知し、自分が代表するすべての種族の名のもとに計画を支えている。

ローダンは考えた。銀河系の多くの文明社会がこれほどひとつになったことが、過去にあっただろうか。最近の出来ごとを考えれば、心強いことだった。

銀河系船団がフロストルービンへ出発する前に、ローダンはもう一度テングリ・レトス＝テラクドシャンと会った。レトス＝テラクドシャンはすでにノルガン・テュア銀河にもどっていて、ローダンの依頼でスラケンドゥールン現象を調べている。レトスへの依頼をゲシールにたのまれたからだ。

ゲシールはいまだにひそかにキウープ狩りをやっていて、ヴィールス・インペリウムの部分再構築物を見つけようとしている。

しかし、ローダンは出発して数日で、そのことをあまり考えなくなっていた。

さらに、外側監視スクリーンにあらわれたものを見たとき、そのことを完全に忘れた。そこには、タンワルツェンとイホ・トロトが指揮する《プレジデント》が最近の緊急信号を発するきっかけとなったものがうつっていた。

＊

その眺めに息をのみ、恐怖をおぼえた。

三次元スクリーンはどれも、膨大な数の未知宇宙船の全体像をとらえることができていない。うつっているのは巨大な艦隊の先頭だけだ。

「すごい眺めだ！」だれかがペリー・ローダンのそばでささやいた。

アラスカ・シェーデレーアだった。カピン断片が張りついた顔にプラスティック・マスクをつけている男だ。すこし前かがみになってコンソールをのぞき、急に寒気《さむけ》がしたかのように震えている。

「目の錯覚にちがいないわ」ゲシールがいった。「手のこんだプロジェクションよ。こんなに多くの宇宙船を建造し、送りだせる者はいないわ」

ローダンは振り向いて、ほかの装置を見わたした。質量走査機がプロジェクションでだまされることはまずない。いま目いっぱいに作動している。

ウェイロン・ジャヴィアはハミラー・チューブを介していくつかの微調整をおこなった。《バジス》の司令室ではシェーデレーアとゲシール以外、まだだれも言葉を発していない。全員、その映像がスクリーンからすぐに消えていつもの任務にもどれるのを、待っているかのようだ。

謎の巨大艦隊は宇宙空間の奥深くまでつづいている。終わりがはっきりと見えない。あるところまでいくと、映像はぼやけて霧のなかのようになった。巧みに構築された探知妨害フィールドのせいかもしれない。あるいは、謎の艦隊の規模によるものか。

《ソル》から連絡があった。アルコン人アトランの顔がテレカムのスクリーンに浮かびあがる。

「セト＝アポフィスの補助種族の者だろうか？」かすれた声でたずねてくる。

ローダンは心の緊張をなかなか解くことができない。目の前のものと関連づけた思考をしていないことに気づいた。いまも、頭は現実を認めようとしていない。人間の意識はよく真実を排除しようとするものだ。

「セト＝アポフィスがあのような艦隊を使えるならば、〝それ〟の力の集合体を蹴散らすのはかんたんなはず」ロワ・ダントンが口をはさんで、ジャヴィアのほうを向いた。

「《プレジデント》からなにか連絡は？」

「ありません」〝キルリアンの手〟を持つ男は答えた。「奇妙なことに、鳥型種族の宇宙艦はすべて姿を消しました」

ローダンとその息子は顔を見合わせた。

「つまり……？」ロワがためらいながら口を開いた。

「いや」ローダンはきっぱりといった。「すべてあの巨大艦隊にやられたとは思わない」

「引きかえそうか？」アトランはたずねた。

ローダンは自分でもそのほうがいいと思った。すぐに帰りたかった。悪い予感がする。

しかし、あのような艦隊からそもそも逃れられるだろうか。

「向こうがわれわれを発見したという確証はあるか？」ローダンはジャヴィアにたずね

た。

「いえ」経験豊かな《バジス》船長は弱々しくほほえんだ。「しかし、見えている艦船の半分の探知装置を使っただけでも、われわれの存在はわかるでしょう」

「航行停止！」ローダンは命令した。「全艦船に告ぐ。銀河系船団は瓦礫フィールド付近の宙域で待機する。あの艦隊についての情報が必要だ」

「計測をはじめましょう」ジャヴィアはそれだけいった。

ローダンはミュータントたちのところへ行った。司令室のべつの側でモニターの前にすわり、なりゆきを見守っている。

「フェルマーといっしょにこっそり探ってみたよ」グッキーが伝えた。「いろんな生物の心理インパルスを受信した。数百万はあったかな。でも、正確に読みとるには、あまりにも数が多すぎる。もっと近づかなきゃなんないな」

「だれも船をはなれてはならない」ローダンはきっぱりといった。イルトなら独力でかんたんに異艦隊の領域にテレポーテーションできるだろうが。

しかし、グッキーが興奮し緊張しているのも感じた。ネズミ＝ビーバーにしてはめずらしいことだ。

ローダンはインターカムを全体通信にした。銀河系船団すべての艦船に向かって話すことができる。

「われわれがここにきたのは、制動物質を破壊し、《プレジデント》がどうなったかを明らかにするためだ」表面的にはおちついていた。「知ってのとおり、われわれ、第一の究極の謎の手がかりはつかんでいる。それはフロストルービンに関わることで、人類の運命に深い意味を持っているにちがいない」

ローダンは言葉に重みを持たせるために短い間をとった。それから、つづけた。

「いま、われわれは思いがけず第二の究極の謎に対峙《たいじ》している」

「どういうことだ?」アトランがそこでたずねた。

ローダンは主スクリーンを指さした。

「これは無限につづく艦隊《アルマダ》、すなわち無限アルマダだと思う。いま、第二の究極の謎の意味もたしかになった。その謎はこうだ……無限アルマダはどこにはじまり、どこで終わるか?」

3 賢人

ブレザー・ファドンはクラン人ふたりの徹底的なボディチェックを受けたあと、かれらを控え室にのこし、水宮殿《みずきゅうでん》の中心にある賢人の間に入った。ボディチェックはむだだし、神経がすり減る。

内側のドアを閉めると公爵グーが出迎えて、嘆くような声でいった。

「またきみか、ブレザー・ファドン！」

「まるでわたしが毎日ここにきているようないい方だな」腹がたった。「賢人がわたしを呼んだのを知っているはずだが」

グーはほんのすこしからだを起こした。

「わたしが賢人だ」

ファドンはため息をつくだけにしておいた。このクラン人に逆らってもむだなことは、これまでによくわかっていたから。グーは退屈していて、ごくわずかな訪問者を議論に巻きこむのが楽しみなだけなのだ。おまけに、最近はうまい手口を考えだしていた。

次々と新しい病気のふりをして、その道の専門家を呼びよせている。さまざまな管とセンサーをからだにつけて、一日じゅう治療台の上に横たわっていることもあった。

それでも、テラ暦でいうと一年以上、賢人の役をうまくやっていた。クランドホル公国領の惑星に助言をあたえているのは、じつはベッチデ人サーフォ・マラガンなのだが、クラン人たちにそれを気づかせることもない。

グーは絵のように美しい制服姿で、マラガンが寝ているくぼみのところにファドンを連れていった。マラガンのベッドからは、チューブのようなものが天井のスプーディ雲まで伸びていた。

マラガンの前にはアトランがここに横たわっていたのを、ファドンは思いだした。アトランのことを思うと、自分がまったく異質な世界にいるのをはっきりと感じ、急にとても居心地が悪くなった。

これはホームシックか！　ファドンは腹だたしくなった。《ソル》に、惑星キルクールに、あるいは、もしかしたらテラに対する……

ファドンはためらいがちにマラガンに近よった。その顔は青ざめて、やせこけ、目は熱があるようにぎらぎらしている。しかし、ここに横たわってからずっとこうなのだ。

いずれにしても、健康状態はいいようだ。

引きしまったからだつきとはほどとおい体型のグーが、当てつけるようにいった。

「太った男がきたぞ、サーフォ」

マラガンがこちらをじっと見ている。その現実ばなれした姿を見たファドンは、昔を思いだしてつらかった。マラガンはあまりにも変わってしまった。ファドンをなぐさめるようにほほえんでいる。

「われわれだけで話がしたい」マラガンは小声でいった。

グーは目をぎょろつかせた。

「例の恐るべき遠征のことについて話すのだったら、わたしにも権利が……」

「そのことだけではないんだ」マラガンは相手の言葉を優しくさえぎった。「いくつかの個人的なことも話したい」

グーは鼻息も荒く、片手で胸をつかんでいる。その下に重要な臓器があるのだろう。倒れるのではないかと思うほどからだを揺らしながら、その場からはなれた。マラガンの最後の言葉に顔を赤くしたファドンは、グーがののしる声を聞いた。

「グーはどうしても感受性の鋭いクラン人貴族には見えないな」マラガンは認めた。

「しかし、勇気と知力にあふれている。外見的にはちょっと違うが……ま、やることはちゃんとやっている」

「それはよかった」ファドンは力なくそういうと、宙を見つめた。それ以上サーフォ・マラガンを見ていられなかったからだ。

ふたりとも口を閉じた。やがて、しずけさに耐えられなくなったとき、ファドンはすこし文句をいった。

「毎回わたしのボディチェックをしないように、警備兵に命令してくれよ」

マラガンの頭上のチューブがかすかに揺れたようだった。

「スカウティはどこだ？」マラガンはたずねた。

ファドンは下唇を嚙み、もじもじと足踏みをした。

「彼女は……いっしょにこられなかったんだ」ファドンは答えた。「きみも知っているとおり、彼女は情報部門をひきいていて、たくさんの用事がある。よろしくといっていた。こんどまた……」

「こんどでなく、いまだ！」マラガンは強い調子でいった。「いずれにしても、きみはこの前きたときにかならず連れてくるといったじゃないか」

反抗心のようなものがこの太った男に目ざめた。

「わかったよ。わたしはひとりできた」

「そうだな」マラガンは待っていたようにいった。

「彼女がくるのをいやがったんだ」ブレザー・ファドンの口から思わず出た。「もしかしたら、いまのきみを見るのが耐えられないのかもしれない。きみたちは昔……」

「昔……なんだ？」

「ああ、だめだ！」ファドンはうなだれた。

「なぜ本当のことをいわない？　これでもわたしは全知の賢人だぞ」マラガンの不機嫌な声には皮肉な響きがあった。「つまり、わたしは遍在し、すべてを見聞きしている」

「もうやめてくれ！」ファドンはうつろな声でいった。

「彼女は妊娠している、そうだろう？」マラガンは叫んだ。「なぜきみたちはそんなことになったんだ？　ブレザー、ならず者め！」

　この感情の爆発はファドンを驚かせた。マラガンの状況について、考えずにはいられなくなった。夜も昼もベッドに寝たまま、この奇妙な微小マシンの群れに縛りつけられ、クランドホル公国のための一種のスーパー・コンピュータになっている。だが、サーフォはまだ若いし、スカウティを愛していた。もしかしたら、いまの状態をある種のハンディキャップだと思っているのかもしれない。そして、友に裏切られたと感じているのだろう。自分はそれを理解しなければならない。

「若い男女がふたりきりで未知の惑星にいたら……」ファドンはいった。「なりゆきでそうなるだろう、サーフォ。きみには関係がないことだ」

「生まれてくるのが男の子だったら、サーフォという名前にしてくれるか？」マラガンは皮肉をこめていった。

　ファドンは黙った。

「もう彼女にはここにきてほしくない」マラガンはいった。「そして、われわれは二度とそのことを話さないようにしよう」

「いいだろう」ファドンはいった。心のなかが空っぽになったような気がした。なにをどう言葉にして、いかにふるまうべきかわからなかった。

「さ、グーを連れてきてくれ。遠征について話し合おう」マラガンはいった。

ファドンはたとえ一瞬でもこの場をはなれることができて、うれしかった。グーはいくらかはなれて立ち、無関心なそぶりをしている。しかし、ファドンはこのクラン人がひと言漏らさず聞いていたと確信した。

「賢人がわれわれふたりと話したいそうだ」ファドンはいった。

「わたしは気分がすぐれない」公爵は泣き言をいった。

ふたりでいっしょに賢人の前に歩みでた。ファドンは、マラガンと自分のあいだに新しいかたちの関係がはじまったという印象を持った。まずはそれに慣れなければならないだろう。

「クラン人たちが引きうけたもともとの任務は、はたされたも同然だ」マラガンはいった。「アトランの力で、セト＝アポフィスと〝それ〟の力の集合体のあいだの無人地帯に、クランドホル公国という大きな星間帝国が生まれた。いまこそ、われわれは受け身の役割をやめるときだ」

「そこで、この遠征に出るのだな!」グーはいった。

マラガンはそれを認めた。

「アトランがわれわれにのこしていった情報からすると、セト＝アポフィスの居場所はセトデポと呼ばれるセトドロポオン銀河らしい。もし、それがたしかならば、敵対する超越知性体の拠点はM－82にある」

「アトランはそこに行けとは、ひと言もいっていなかった」ファドンはいやな予感でいっぱいになった。

「アトランもすべてがこれほど早く展開するとは考えなかったのだろう。このリンボにセト＝アポフィスの補助種族が押しよせて〝それ〟の力の集合体に侵入するまで、待つ必要はないと思う。われわれはイニシアティヴをとらなければならない。セト＝アポフィスはそれをまったく予想していないだろう。公爵グー、すべてのネストから最新鋭の艦を最高の乗員ごと引き抜いてクランに集め、大艦隊をつくってもらいたい。すくなくとも五百隻、必要だ」

「そのような作戦は非常に危険だと思う」クラン人は口をはさんだ。「艦隊が直接の危機にさらされるだけでなく、予定よりも早くセト＝アポフィスの注意がわれわれに向くだろう」

マラガンは聞く耳を持たなかった。

「わたしは賢人である。わたしの見通しはきみのものよりもたしかだ、公爵。これまでわたしの決断はすべて正しかった。今回もそのようになるだろう」

グーは助けをもとめるようにファドンを見た。しかし、小太りの男は曖昧《あいまい》なしぐさをするだけだ。

やせた男はベッドで目を閉じている。

「その艦隊が目に浮かぶ」夢うつつのようにいった。「宙航士たちは、これまで夢でもみたことがなかったような世界を知るだろう」

「あるいは、死がその身に降りかかるか！」グーの声は真剣だった。

「艦隊をひきいるのは、困難な状況を予見することができ、それを乗りこえるのに充分な勇気を持つ司令官だ」

「公爵カルヌウムを考えているのか？」グーは叫んだ。こんどは声に力がこもっている。

「もちろん違う」マラガンはいった。

グーの視線は隣りに立っているブレザー・ファドンに向いた。

「あなたはまさか……この太った男を……もしかしたら……？」

「どうしてファドンだと思うのだ？」

グーは身をすくませてまわりを見まわした。それから、顔をゆがませて、

「宇宙の光にかけて！　わたしこそがその艦隊をひきいる、先見の明のある勇敢な司令

官か！」そううめくようにいった。

「ばかな！」マラガンは口をはさんだ。「きみはここでこれから公式に賢人として義務をはたすことをもとめられている。わたしがいないあいだ、公国領のことをうまくやれると確信する」

「あなたが？」グーとファドンは異口同音《いくどうおん》に叫んだ。

「建造船を数隻、惑星〝クラン人トラップ〟に向かわせる」サーフォ・マラガンはいった。「《ソル＝セル＝2》を探しだし、修復させるのだ。それがわたしの旗艦となるだろう」

グーはあんぐりと口を開けた。唖然としている。

「正気の沙汰じゃない」グーはファドンにいった。

「もしきみがよければ」グーのいうことには耳を貸さずに、ファドンはマラガンにいった。「スカウティとわたしが同行するよ」

「宇宙の光にかけて！」グーはもう一度、あえぎながらいった。「わたしはひとりぼっちになってしまう。年老いて、病気で、そのうえ全公国の責任を負わされて……そんなことは許されないぞ」

しかし、言葉とは裏腹なようすだった。

4　彼岸からきた者

銀河系船団による徹底的な測量の最初の結果が出た。それによると、無限アルマダの内部ではたえず飛行作戦が実施されているらしい。全体像はいまだに概観できないが、全体の動きとはべつに、個々の艦船がさまざまな方向と速度で動いているようだ。

無限アルマダのとてつもない大きさが想像できる。

「探知とミュータントの力だけではどうにもならない。もっと接近しなければ」ペリー・ローダンは考えこんだ。「問題は、それにどのくらい時間がかけられるかということだ」

「無限アルマダの狙い定めた行動を恐れているのですか？」ロワ・ダントンはたずねた。

ローダンはうなずいた。

「きっと、なにかをする。それがなにかはわからないが。なぜここに無限アルマダがいるのかさえわからない。あれほどの艦隊がここまできたのだから、とてつもない考えがあるにちがいない」

「われわれになにができるんです?」ウェイロン・ジャヴィアはたずねた。

ローダンは《バジス》船長に答えず、ディノNGZ級艦隊テンダー《白雪姫》で作戦に参加している《ソドム》に連絡をとった。クリフトン・キャラモンの禿頭《とくとう》がスクリーンにあらわれた。

「これまでめったになかったことですが」クリフトン・キャラモンはいった。「今回は心臓がどきどきしました」

「わたしに考えがあるのだ、クリフトン」ローダンは打ち明けた。「向こうはこちらを探っている。しかし、こちらはけっして手の内を見せてはならない」

キャラモンはにやりと笑うと、

「カムフラージュということですね」ものわかりよく答えた。

ローダンはその笑いに反応しなかった。

「相手がそもそもなにを望んでいて、どのように行動するか見きわめるには、ほんのすこし挑発するしかないだろう。きみは《ソドム》で無限アルマダに向かい、難破船をよそおってくれ。向こうがそれに反応するといいのだが。《ソドム》を調べても、銀河系船団のほかの船のことは推測できないだろう」

クリフトン・キャラモンの笑みが凍りついた。〝きみ〟と呼ばれるのがいやなのだ。しかし、ローダンはこのときほかのことを考えていて、古い伝統を好むキャラモンに理解をしめすゆとりはなかった。

「その計画が気にいりました、〝サー〟」キャラモンはわざといった。「古きよき伝統を持つ《ソドム》とその乗員におまかせください」

「よし」ローダンはうなずいた。「しかし、ひとつだけ今後のために忠告しておく。宇宙暴走族のまねをしたり、力こぶを見せて挑発したりはするな」

「情報を探るだけにします」キャラモンはおとなしくいった。「せいぜい脅かして、手を出せないようにしましょう」

スクリーン上のキャラモンの姿が薄れていくと、アトランから連絡があった。《ソル》と《バジス》司令室との通信は常時つながっている。

「まず、ごくふつうの通信連絡を試みてはどうだ？」そうたずねてくる。

ローダンもそのことは考えていた。しかし、外側監視スクリーンからの映像を見て、躊躇《ちゅうちょ》したのだ。

無限アルマダに向かってなんといえばいいのだろうか？

そのひと言が原因でカタストロフィになるかもしれない。

そこに新しい計測結果がとどいて、ローダンは考えるのをやめた。

こちらから確認できるのは、無限アルマダ内部にさまざまなタイプの無数の艦船がいることだけだ。銀河系船団の位置からでは、異人の部隊すべてを監視することなど、とうていできない！

「見ているものが現実だと、まだ信じられない」ロワがかぶりを振りながらいった。「何百万という数の宇宙船だ。ありえない。だれにもそんなことはできないはず」

「それでは、あれはなんですか？」ジャヴィアはしずかにたずねた。

「集団幻覚だろう」ローダンの息子は答えた。「セト＝アポフィスの新しい心理的武器だ。はったりであり、手のこんだ幻覚トリックかもしれない。フォーム・エネルギーか、パラ心理学によるものか……さっぱりわからん！」

ローダンはふたりの話を黙って聞いていた。

「ともかく」やがて口を開いた。「いまはこれを現実として受けとめるしかないだろう」

＊

《バジス》第三十四デッキの空調室に送風装置がある。そのカバーは高温にも耐えるプラスティック素材でできていて、表面は光を反射しない。

それなのに、青い線の入った薄いグレイの表面にひとりの男の姿がうつっている。デッキ警備員ドーブ・ウィンザーは驚いた。知らない男で、かたく凍った氷の鏡像のように見える。それは、うつるはずのない謎めいた姿のせいだけではない。男が身につけている、銀色とメタリックブルーのちいさなプレートをつなぎ合わせたような素材でできた服のせいでもあった。

ドーブ・ウィンザーはすぐ近くでささやき声を聞いたような気がした。

喉が詰まって、心臓の鼓動がはげしくなった。鏡像の本人が通廊に立っているかどうか、振り向いてたしかめる勇気もない。

やがて、うつっていた姿は消えた。デッキ警備員はほっとした。腕のたつ画家が薄いグレイの表面になにか描いたのかもしれない。たしかめようと、送風装置のカバーを両手でなでてみる。全体を眺めるため、最後は一歩うしろにさがった。遠くからだと天井の照明の当たり方が違うからだ。

男の姿はうつらなかった。

幻覚を見たのだと思ったかもしれない……もし、奇妙なささやき声がしなかったなら。ドーブ・ウィンザーはあたりを見まわした。主通廊は反重力シャフトまでだれもいない。

知らず知らずのうちに、銀河系船団が遭遇した数えきれないほど多くの艦船のことが頭に浮かんだ。自分が見たものと、それらの艦船とのあいだに、なにかつながりがあるのだろうか?

ウィンザーは小柄で骨と皮ばかりのような男だ。義務感が強すぎる傾向がある。デッキでの規律を几帳面《きちょうめん》に守って、いちいち調べて指示するので、同じデッキで働いている者がいらだつこともしばしばだった。

その場に立って考えていると、近くにあるハッチが開いて、第三十四デッキの放射能防護室から軽防護服姿の女ふたりが通廊に出てきた。《バジス》のこのセクターで保安担当をつとめるサラ・コルニチと、助手のヘルカ・オナカレツだ。サラは放射性廃棄物の袋を、卵をかかえるようにそっと持っている。一方、ヘルカはサラにたえず話しかけていた。

ハッチが閉まる前に、男がひとり出てきた。すこし前、送風装置のプラスティック・カバーにうつっていた男だ。

ささやき声がまたした。こんどはデッキ警備員にも、この未知者が身につけている奇妙な服が原因だとわかった。男が動くたびに、シャツとズボンと上着からなるコンビネーションのプレートがこすれて、〝ささやき声〟を発生させるのだ。

ふたりの女もこの音を聞いたようだ。立ちどまって、振り向いている。

「ねえ！」保安担当の女が大声で叫んだ。「あなたはだれ？　どこからきたの？」

ウィンザーは息をとめた。背筋を冷たいものがはしった。

男は明らかに放射能防護室から出てきた。女ふたりのあとについてきたのだ。ウィンザーもその部屋に入ったことがあるが、ちいさくて必要最低限の装置しかないので、ほかにだれかいれば、かならず気づく。

サラとヘルカは、男が自分たちのあとに放射能防護室から出てきたのを知らないようだ。

「その男はきみたちのあとをつけてきたんだ!」ウィンザーは自分の叫ぶ声を聞いた。

三人がこちらを見た。ウィンザーはできればどこかにもぐりこみたかった。女ふたりは驚いたようだが、男はおちつきはらって、とても感じのいいほほえみを浮かべている。

ウィンザーは突然、どうしたらいいかわからなくなった。

男はそばかすだらけの顔に、猛獣のような黄色い目がきわだつ。ウィンザーを獲物のように見ている。

この見知らぬ者の顔は、それ以外も印象的だった。割ったばかりの玄武岩のように角ばっているが、若々しく、ひかえめで好ましい感じだ。短い赤錆《あかさび》色の髪は、そばかすと同様に顔に似合っていた。

背の高さは百八十センチメートル以上あるだろうか。やせている。動きはゆとりがあって、緊張もストレスもまったく伝わってこない。

ある考えがウィンザーの心におのずと湧いてくる。やめようと思いながらも、大声でそれを口にしていた。

「その男は乗員じゃないぞ!」

サラ・コルニチは放射性物質の袋を武器のように前に突きだし、先ほどの質問をくりかえした。

「あなたはだれ？　どこからきたの？」

未知者は無邪気な笑い声をあげた。

ウィンザーは考えた。この男、どうやら悩みというものがないらしい。すべてを受けながし、人生を楽に生きているようだ。

「わたしはひとつ目のタウレクだ」男はいった。

ウィンザーは思わず未知者の顔をふたたびじっと見つめた。なぜこの男は自分を〝ひとつ目〟と呼ぶのだろう。ふたつの目はとても生き生きとしていて、ユーモアと人生のよろこびで輝いているのに……

タウレクという名前はこれまで聞いたことがなかった。女ふたりも会ったことがないようだ。

しかし、完全にインターコスモを話すし、テラナーのように見える。それに、ある程度きちんとした格好をしている。

その服装がウィンザーの注意を引いた。もう一度よく見たくなる。

コンビネーションの腰の上に幅ひろいベルトをつけている。そこには数多くのケースやカバー、矢筒のようなものがぶらさがっていた。驚いたことに、なにもかもこうした容器に入れて持ち歩いているようだ。

なにが入っているのだろうか？　ウィンザーは不思議に思った。無邪気な態度に安堵していたが、急に不安な気分になった。

「あなたの名前を聞いたことがないわ」サラ・コルニチはいった。

なぜこの女はわたしにかわって話しているのだ？　ウィンザーは当惑した。しかし、仕事柄、当然なのだとわかった。

「それはそうだろう」タウレクはこちらにまで伝染しそうな優しい声でいった。「わたしははじめて、ここにやってきたのだから」

〝ここに〟という言葉は、けっして《バジス》だけをさしているのではない。ウィンザーはそう考え、おちつかなくなった。

「この人は異人の宙航士のひとりよ！」ヘルカ・オナカレツは叫んだ。「あの巨大艦隊からきたんだわ！」

「違う」タウレクはいった。「わたしは無限アルマダの者ではない。物質の泉の彼岸からきたのだ」

＊

ここにくる前の日々のことが、自分に課せられた試練の幻影とともに記憶によみがえると、タウレクは恐ろしい、ほとんど耐えがたいほどの重圧を感じた。その日々のことは、いっさい考えまいとした。たんなる心理的抑圧と呼ぶこともできないほど、意識からきっぱりと追いはらったのだ。

以前はしばしば〝こちら側〟にきていた。しかし、いつも短い滞在だった。今回の計画と比べれば、子供の遊びだ。

人間の言葉にはぴったりないいまわしがある。使命のためにだれかを〝鍛える〟というい方をする。

自分はまさに鍛えられたのだ。

だから、かれらを憎むこともあった。同時に、そのような感情をいだけるのも訓練の結果だとはっきりわかっていた。

訓練のはじめにいわれた。〝おまえはこれから長く暗いトンネルを抜けていかなければならない。それは苦しみのトンネルである〟と。タウレクはトンネルの向こうには光があると思わないことにした。

〝こちら側〟で起こる可能性のあるすべての出来ごとに直面させられた。もし、準備しない状態で遭遇したら、ショックで戦闘能力が奪われ、使命をはたせないかもしれないからだ。

ただの一度も泣き言はいわなかったが、ときどき襲う恐ろしい悪夢が自分を永遠に苦しめることをひそかに恐れた。

しかし、いまではよくわかっている。なにが待ちかまえているのかも、どんな目にあうのかも、死と腐敗が〝こちら側〟ではどのようなかたちをとるのかも。なにに対してもショックを受けないし、不安を感じるものはない。すべてに対してそなえていた。

〝こちら側〟で見せているような姿では、物質の泉の彼岸で存在することはできない。これまで恐怖や破壊の原因との戦いに投入されたもののなかで、タウレクはもっとも強力な存在だった。かれにとって、カオスやエントロピーはただの概念ではなく、利用することもできるものだった。

あらゆる面で敵と対等だった……ほとんどあらゆる面で。

弱みは自分の目的だった。

〝こちら側〟で任務をはたすさいに人間の姿になったのは、かならずしも偶然ではない。紛争ラインに多くいたのが人間だったからだ。命令権者の同意を得ずに、いくつか奇抜なことをあえてやった……たとえば猛獣の目とか。装備もかれらが考えていたのとはまったく違うものを使った。だが、かれらは最終的に譲歩してこちらの希望をのんだ。きびしい試練を課したので、かなりの負い目があったのだろう。

わたしをあれほど虐待したことで、立ちなおれない者もいるはずだ！　そう思うと、タウレクはとても愉快な気分になる。

〝こちら側〟では正体をけっして明かさないつもりだ。しかし、ゲシールとカルフェシュがどのような態度をとるか楽しみだった。ふたりはこちらの本当の姿に気づくだろうか……

自分の登場はもっと華やかなものにしたかった。しかし、時間があまりのこされていなかったのだ。

それでも、手にいれて当然のいくつかの楽しみはあきらめたくなかった。

《シゼル》は《バジス》の外殻に係留しておいた。乗員のだれもこれまで気づいていない。探知もされていなかった。自分たちの装置しか信用しないテラの技術者のなかには、頭を悩ませる者もいるだろう。

タウレクは幽霊のように船内に出没した。時空を移動するのに、巨大な不格好な乗り物は必要ない。それを人間が知るようになるのはいつのことだろう。

しかし、そのような批判をして思いあがっている場合ではなかった。テラナーからすれば《バジス》は最新鋭の宇宙船なのだ。人間は見たり触ったりできる偶像に、ずいぶん長く依存しているらしい。

ひとつ目のタウレクはペリー・ローダンとのこれからの共同作業を楽しみにしていた。あのテラナーは人格統合体の姿をしているとわかる。それでも挑発するつもりだった。

ローダンが自分といっしょに行くようにしむけるつもりなのだ。〝こちら側〟の宇宙で、いまもっとも危険な場所に……

フロストルービンの内部に！

＊

天文学者のイシドール・ワイツェと女探知士のフリマンデ・ヴァラスマンは、自分たちの機器類を《バジス》の外殻に引っぱってくると、それぞれを所定の位置に運ぶ作業ロボット二十八体を監視した。ふたりは、ローダンの命令で《バジス》をはなれた乗員メンバー百人に属している。このメンバーは巨大船の外からも無限アルマダを計測するのだ。ローダンはそれも必要だと思っていた。船内の装置が手のこんだ妨害の影響下におかれるかもしれない可能性を排除できないからだ。

ワイツェは開いたエアロックのなかにいる格納庫管理者に合図を送ろうと、振り向いた。そのとき、《バジス》の外殻にあるものを発見した。

驚きのあまり、叫び声をあげそうになった。推進装置を操縦インパルスで作動させ、向こうにいるフリマンデのところへ行き、腕をつかんでゆっくりと向きを変えさせると、その物体を指さした。

「すべての惑星にかけて、これはなに？」フリマンデ・ヴァラスマンがヘルメット・テレカムを通してたずねた。

ワイツェは自分もわからないと答え、当面は黙っているほうがいいと知らせた。ロボットはほうっておいても作業ができるだろう。ワイツェはそう考え、格納庫管理者に合図をして、エアロックが閉まるまで待った。

作業ロボットが軽金属製スクリーンとリフレクター数台を設置しているあいだ、ワイツェとフリマンデは《バジス》の外殻にもどった。巨船をはなれたときに通ったエアロックではなく、紺色の鋼壁に物体が張りついている場所に向かう。

それは明らかに《バジス》の装備ではない。数時間前にはそこになかったことをワイツェは確信していた。氷のように冷たい手で心臓をつかまれたようだ。突然、恐怖をおぼえて無限アルマダのほうを見た。

それから、また物体に目を向ける。

ほぼ八十メートルの長さのパイプで、直径は十メートルくらいだろう。まんなかあたりに一種のプラットフォームがとりつけられていて、その上に鞍《くら》に似たものがある。すわる場所かもしれない。その前にあるピラミッド形の部分には、ありとあらゆる制御装置がついていた。パイプとプラットフォームが接続する場所に、閉まっているハッチの輪郭が見える。たぶんそこを通ってパイプのなかに入るのだろう。

全体は淡褐色だ。ワイツェはとっさに巨大な木の幹を思いだした。それが川の流れでここまで運ばれ、最終的に引っかかったままになっているような……

ヘルメット・テレカムで音がした。

「これは明らかに飛行物体よ」フリマンデ・ヴァラスマンがいった。「テラ以外でつくられたものだわ」

ワイツェは唾《つば》をのんだ。

「報告しなければならないな。だが、どうしてか躊躇してしまう。これについて話しただけで、不幸を引きおこすような予感がするんだ」

「これがあの無限アルマダからきたと思っているの？」

ワイツェは答えず、ヘルメット・テレカムをミニカムに切りかえた。

格納庫管理者が応答した。

「作業はもう終わったのか？」

「まだはじめてもいない」ワイツェは答えた。「だが、見つけたものがあるんだ。《バジス》の外殻に正体不明の飛行物体が張りついている」

「頭がおかしくなったのか？」

「ブルー・セクター、十三＝四十三＝八だ。自分の目でたしかめてくれ」

その直後、ワイツェは格納庫管理者の荒い息を聞いた。すぐに、ペリー・ローダンの声がした。その声はまさにヘルメットのなかで爆発するようだった。

「すぐに船内にもどるのだ!」

＊

《シゼル》が偶然に発見されたので、タウレクが《バジス》船内でのデビューのために予定していた時間は短縮されることになった。気がつくと、重装備の男女数百人にとりかこまれていた。タウレクはこれをおもしろがった。ミュータントも近くにいて、意識を超能力で探ろうとしている。

動揺している人々にもう一度、ちょっとした芝居を見せようと決心した。司令室に連れていかれ、ペリー・ローダンと顔を合わせる前に……

ベルトの容器のひとつを開けた。近くに立っている者があとずさりするのが見える。それでも、いまきたばかりの背の高いすらりとした男は立ちどまった。脅すようにいう。

「こちらは武力に訴えるつもりはない、タウレク!」

タウレクは手をとめた。

「わたしはロワ・ダントン」すらりとした男はつづけた。「この船の総指揮官だ。つまり、わたしには乗員の安全に責任がある」

ということは、これがローダンの息子なのだ。興味深い。自分があらわれたことを聞いて、大急ぎで司令室からここにきたにちがいない。ペリー・ローダンみずからがこなかったことは残念だが……しかし、まだ会う時間は充分にある。

「どうやら、わたしの名前はもう伝わっているようだな」タウレクは愛想よくロワにいうと、容器からすばやく四角いさいころのような物体をとりだした。鈍く輝く物体の片面には窓のようなものがついている。

ダントンは冷静にタウレクにパラライザーを向けた。

「降参しろ、タウレク」

そばかす男は無邪気な笑みを浮かべた。

「これは武器ではない、マイクル・レジナルド・ローダン！　このさいころはわたしが〝兵舎〟と呼んでいるものだ。これを使って、そもそもわたしを捕まえようとするのがいかにばかげたことか、見せようと思う」

タウレクはその兵舎をてのひらにのせた。〝窓〟からおや指大のものが一ダース、外へなだれでてくる。これほどちいさいと、それがすべてロボット兵士であることは、まだわからない。しかし、これからわかる。

ダントンは、一ダースのちいさなシリンダーがあらゆる方向に四散し、さまざまな場所に張りついたのを、不審げに見た。それらは突然、張りついたその場で膨張しはじめた。まるで成長がとまらなくなったようだ。張りついた面はグレイになり、崩れおちた。

驚いて叫び声をあげる者もいた。ダントンは顔面蒼白となった。

「兵舎から出たロボット兵士は、行った先でエネルギーと物質を手にいれる」タウレクはていねいに説明し、天井や壁のあちこちにできた穴を指さした。気がつくとロボットたちは一メートル以上に成長し、武器のように見える四肢を形成しはじめた。

見物人の後方からエネルギー・ビームが発射され、タウレクのロボット兵士の一体に当たる。しかし、ロボットはブラスターのエネルギーを吸収し、とりこんだらしい。光る外被ができた。

「だれもわたしの命令なしに撃つな！」ロワはいきりたって叫んだ。

タウレクは手のなかの兵舎をなでた。すると、ロボット兵士十二体はそれぞれの場所をはなれて、ゆっくりと主人のところに浮遊してきた。

見物人たちはうめいた。ここで見せつけられた力を思い知ったからだ。

一瞬でロボット兵士はふたたびおや指大に縮み、〝窓〟から兵舎のなかに入って姿を消す。タウレクはさいころを容器にもどした。

「きみたちの何人かには手品に見えるだろう」あっさりという。「しかし、これはただ、時空の物理状況を技術的に完全に活用しただけだ」

ダントンはタウレクに歩みよった。

「物質の泉の彼岸からきたそうだが」

「そうだ」タウレクは認めた。

「なにをするために？」

「コスモクラートに依頼されたのだ」タウレクはよく通る声でいった。「物質の泉の彼岸では、あらたな深淵の騎士が成果をあげられないので心配している。だから、この一帯のすべての作戦行動の責任をわたしが引きうける」

「ローダンのかわりにか？」ダントンはうろたえてたずねた。

タウレクは胸の前で腕を組んで、集まっている者たちを見わたした。猛獣の目で見つめられると、たいていの者たちがとまどいと恐ろしさで目を伏せた。

「わたしがコスモクラートのために火消しにきたと思っている者もいるかもしれないが」タウレクは話しはじめた。「わたしはきみたちに好意を持っている。味方だから。しかし、きみたちはここでなにかをなしとげるにはあまりに弱く、優柔不断だ」

聴衆はその言葉で殴られたように身をすくめた。タウレクの狙いどおりだった。痛いところを突いたのだ。きびしい口調でつけくわえる。

「わたしはこの使命のために、数えきれないほどの地獄の苦しみをくぐり抜けてきた。だから、なにものもわたしを目標からそらすことはできない。だが、いずれにしても、きみたちの力が必要なのだ。わたしはたしかに武器は持っているが、たったひとりだ。いくつかの場所で同時に戦うことはできない」

「司令室にいるペリー・ローダンのところへいっしょに行ってもらおう」ロワ・ダントンは心を決めた。「ローダンはわれわれの会話をインターカムで聞いているし、ここで起こったことはすべて見ている。しかし、かれのかわりにわたしがしゃべることはできない。ローダンが銀河系船団の指揮をあきらめるとは思わないが」

タウレクはその場にいる者たちに充分な緊張と刺激をあたえたことを確信した。それでも、最後の謎解きをさせたかった。頭を悩ますことだろう。

「きみたちが思うほど、わたしは異質な存在ではないぞ」タウレクはいった。「ひょっとして、まだヒルト・ラマソという名前を聞いたことがないのか？」

もちろんだれもその名前を知らなかった。しかし、これから夢中で資料をあちこちあさるだろう。

「たしかに」だれかの声がした。「あの男は物質の泉の彼岸からきた。しかし、なにものなのか、わたしにはわからない。思いだせない」

ソルゴル人のカルフェシュだ。ほかの者が大急ぎでここに連れてきたのだ。タウレクのことがわかるかと思ったからだ。もうひとり、いっしょにきていた。タウレクは知っている、そのオーラを、息吹《いぶき》を、動きを……彼女のすべてを。ゲシールだ！

一瞬、自分のなかで宇宙が爆発したようだった。だが、タウレクは冷静をよそおった。ふたりの視線が合う。ゲシールはなにか気づいたようだ。しかし、どうしたらいいのかわからないらしい。すばやくかわした視線は火花のようだった。

それもすぐに終わった。ふたりともおちつきはらっている。おたがいに経験豊富だったからだ。

「さて、お人よしの深淵の騎士のところへ案内してくれ」タウレクは楽しそうにいった。

*

銀河系船団が三月十日に太陽系を出発してすぐに、ウェイデンバーン主義者のひとりが密航しているという噂が《バジス》の船内でいっきにひろがった。本気にする者はいなかったが、それでもローダンは、グッキーとフェルマー・ロイドに数時間、見知らぬ者を探しにいかせた。

だれも見つからなかったし、この噂がタウレクに関係しているなど、ローダンは夢にも思わなかった。自称〝ひとつ目〟は、たぶん銀河系船団がフロストルービン宙域に到着したあとに、奇妙な飛翔パイプを使って《バジス》にきたのだろう。それはいま、格納庫エアロック近くの船殻に引っかかっていて、船内技師たちの悪夢の原因となっている。

タウレクがみずからを〝ひとつ目〟と呼ぶことで、ペリー・ローダンに思わずライレの記憶がよみがえった。しかし、ライレとタウレクは無関係だろう。

タウレクはエネルギッシュな男らしい。コスモクラートの使者と聞いて想像するタイプとはまさに反対だ。

しかし、ローダンはだまされなかった。

その行動はなにか目的があってのことだろう。タウレクはこの船全体を興奮の渦に巻きこむことに成功した。武器に手を伸ばす軽率な者が何人か出るほどだった。

カルフェシュはタウレクが物質の泉の彼岸からきたと確認した。無限アルマダのメンバーではないと。

タウレクが《バジス》の司令室に足を踏みいれて、前に立ったとき、この訪問者をスクリーン上で観察していたローダンは、自分の予想がすべて的中したと思った。

タウレクは思慮深く、堂々として、狡猾《こうかつ》だ。自分のからだをうまくあつかっている。

しかし、人間ではない。人間の姿を借りているだけで、プロジェクションかもしれない。ロボットかあるいはアンドロイドの可能性もある。

ローダンはこの男に心を引かれた。タウレクに親近感を感じる。こちらを挑発するために、あらゆることをしているが……

「いまから」タウレクは挨拶のかわりにいった。「わたしがセト＝アポフィスに対抗するすべての行動の責任を引きうける」

《ソル》からすべての映像通信を見ていたアトランが、かすかに笑い声をあげた。

「無限アルマダをどうすればいいのか、たずねてみればいい」アルコン人は提案した。

猛獣の目が光った。

「それは、もっぱらフロストルービンとセト＝アポフィスに関わる問題だ」タウレクはいった。

「フロストルービンのためにわれわれはここにきた」ローダンはいった。「フロストルービンが逃げだして、重大な被害を招くような行動をくりかえす前に、ポルレイターの封印を安定させなければならない」

タウレクはしばらくローダンをあざけるように見ていた。幅のひろい腰ベルトに両手のおや指を引っかけて、挑発的な格好でさりげなく立っている。そのまわりを、グッキーが安全な距離をおいてよちよち歩きはじめた。タウレクの思考を探ろうとしているようだ。

「すくなくとも、本質的なことから目をそらしてはいないようだな、テラナー」タウレクはいった。「実際に問題なのはフロストルービンだ。とてつもない処置が必要になる。わたしといっしょにそこへ飛ぶ覚悟があるか？」

「気をつけてください！」ジェン・サリクが警告した。「罠かもしれない」

「フロストルービンへ？」ローダンはたずねた。「自転する虚無に近づくものはすべて、むさぼり食われる。その危険に《バジス》をさらすつもりはまったくない。《バジス》

だけでなく、銀河系船団のほかの艦船も」

「考えが読めないよ」グッキーは泣き言をいった。「なんにもないんだ」

タウレクは片手でベルトをたたいた。

「この武器の働きを見ただろう。わたしを信じて、いっしょにフロストルービンのなかに行かないか？」

これはまさしく挑戦だと、ローダンは思った。ほかのすべてはその準備だったのだ。ある意味でジェン・サリクは正しい。これは罠だ。

「首を突っこむな、老人！」アトランが叫んだ。

「狂気の沙汰です！」アラスカ・シェーデレーアもいった。「フロストルービンに近づくものはすべてのみこまれ、永久に消える。イホ・トロトの報告でよくわかりました。もしかしたら、《プレジデント》もフロストルービンの犠牲になったのかもしれない」

タウレクは動揺せずにつづけた。

「《シゼル》で出発しよう。外に係留してあるわたしの乗り物だ」

「行ったことがあるのか？」ローダンはたずねた。

「一度もない！」

「もどってこられる可能性はどれくらいなのか？」

タウレクはひとさし指とおや指をくっつけた。典型的な人間のしぐさだ。

「これくらいだ」タウレクはいった。

司令室に集まった乗員メンバーの不信感が膨《ふく》らむのがはっきりと感じられる。ローダンはよりどころを失ったような気がした。このような不意打ちはこれまでになかった。もし同意すれば、思いもよらない危険にさらされ、命が脅かされることになる。もし断れば、タウレクはローダンのためらいを理由にして主導権を握るだろう。ことは巧みにしくまれていた。時間をかけて計画したらしい。

「そこでなにがわれわれを待っているのだ？」ローダンはたずねた。

「それがわかっていたら行く必要はない」皮肉めいてタウレクは答えた。

まわりを見まわすと、友たちの、ただ愕然とした、避けるような視線に出会った。ローダンはいった。

「同行しよう」

タウレクは声をあげて笑った。そばかす顔がよろこびのあまり踊りだしそうだ。

それはそうだろう、と、ペリー・ローダンは腹がたった。タウレクには失うものはなにもない。

ゲシールを見ると、まるで魂を抜かれたような顔をしている。これまでになかったことだ。

5　司令官

　オルドバンについてはたしかに多くの伝説がある。無限アルマダを構成する艦船の数だけ……つまり、その数は予測することはできない。オルドバンを見たことがあるアルマディストのうち、生きている者はいない。だから、オルドバンはとっくに死んだという噂がしじゅう流れるのも、不思議ではない。

　それならば、アルマダ中枢からこの巨大な艦隊の運命を指揮しているのはだれだ？　ジェルシゲール・アンは幾度となく考えた。

　同じようにひろがっている噂のひとつは、オルドバンがふつうの生物には想像できないようなかたちの人工体だというものだ。無限アルマダの出発時にオルドバンが参加していたといわれることを考えると、この噂もある程度の信憑性《しんぴょう》があるのかもしれない。

　ジェルシゲール・アンはしばしば思う。強制インパルスを無視して、無限アルマダの境界をこえ、数万光年以上はなれてみたいと。また、アルマダ中枢に行ってみたいとも……

しかし、その宙域はいずれにしても禁断ゾーンとされていた。アルマディストがそこに近づくのは、生まれた直後、アルマダ印章船のなかでアルマダ炎を授けられるときだけだ。

アンはアルマダ中枢に行ったことがある者をだれも知らない。たとえ人生ののこりすべてをかけて、無限アルマダじゅうを探したとしても、そのような者には出会わないだろう。

不思議なことに、アルマダ中枢について知りたいという欲求自体、存在していないようだ。

アンはどうやら例外で、現状に満足している宙航士集団のなかで、奇妙な野次馬根性を持ち合わせているらしい。

ときどき、このアルマダ部隊の一司令官は《ボクリル》の外をグーン・ブロックやアルマダ作業工が飛びさっていくのを見ることがある。それらはアルマダ中枢に入り、命令を受けたあと、ふたたび禁断ゾーンをはなれるのだろうか。

自分はこれまでずっと無限アルマダのために飛んできた。先祖も同様に。しかし、それを統率し、操作する者についてはなにも知らない。

それは存在しないのか？

無限アルマダは共通本能のようなものによって導かれているのか。あるいは、思わず身震いするような考えだが、生命のない機械装置によってなのか？

いまはありがたいことに、アンにはべつの心配と問題があって、それにとりくめる。シグリド人部隊をひきいて、拿捕した球型船を調べなければならない。

気が進まないが、不在のあいだはターツァレル・オプを司令官に指名している。アンが任務をはたそうとしたそのとき、計画を練りなおさなければならないような、まったく思わぬことが起きた。

見たことのない艦隊があらわれたのだ。

〝艦隊〟という解釈は、迷いこんできた二万隻ほどの宇宙船には、いささか大げさである。そこでジェルシゲール・アンは〝群れ〟という言葉を使うことにした。

しかし、艦隊にせよ群れにせよ、いずれにしても未知の船団だ。

アンはリウマチのあらたな発作にうめいて、深く前かがみになった。痛みを和らげるためだ。ふつうの食事を食べたので、からだに合わなかったのかもしれない。たぶん、いらだっていて、かきこむように食べたからだろう。

五万隻の艦に平均して二千五百人の喧嘩好きのシグリド人が乗っている。それを指揮するのは楽しいことではない。

アンは自分の任務にうんざりすることがあった。そのストレスと責任からすると、司令官の地位がもたらすすべての名誉は、ごくわずかだ。

だが、疲れはしても、あきらめようと考えたことは一度もなかった。

アンはスクリーンをじっと見つめ、トリイクル9宙域で異人の宇宙船が活発に往来している理由を考えた。

群れのなかには拿捕した船と同じタイプの球型宇宙船もある。それが、すくなくとも当面の問題だ。

アンの経験からすると、群れは無限アルマダにすぐに気づくだろう。目が見えないか、難破船でもなければ、見逃すことはないにちがいない。

群れが停止した。

アンは群れのとっているコースを算出させ、その目的地がトリイクル9をとりまく瓦礫フィールド内であることを割りだした。

憎しみがアンに芽生えた。

トリイクル9をいまのような状態にした異人かもしれない。シグリド人にとってトリイクル9は聖なる場所である。この宙域で〝黒の成就〟を顕現するものだからだ。

アンはそれほど信心深くなかった。ほかのアルマダ種族はとっくに黒の成就など信じていないし、トリイクル9をまったくべつのものだと考えているからだ。

それでも、トリイクル9を蹂躙《じゅうりん》した者に対して恨みが募り、復讐を考えた。

「この船団は、われわれが追いはらった者たちとはべつのところからきています」ターツァレル・オプがいった。

「わたしもそう思う」アンの声は暗かった。

「しかし、まるでわが家のようにふるまっています」アンの暗い表情は気にせずに、オプはつづけた。

「拿捕した球型宇宙船へ向かうのは、当面やめよう」アンはきっぱりといった。「アルマダ中枢からの命令を待つのだ。そうすれば、異船の群れをどうすればいいか、わかるだろう」

「偵察を出しましょうか？」ズーはたずねた。

「とんでもない！」アンはきつくいった。「向こうがこちらを探知すれば、それから先のくわだての意欲が失せるだろう」

頭のなかでひどく自嘲的につけくわえた。わたしはオプと同じような論理で考えている。アルマダの支援があればなんとかなる、と！

とっさに瘤を引っかき、あらたなリウマチの発作にそなえて身をかがめた。

スクリーン上では異船をあらわすそれぞれの光点が光っていた。

それでも、群れはちっぽけだ。あそこにいる宙航士たちは見捨てられたように感じているにちがいない。

アンは力を奮いおこして立ちあがった。同情で恨みを消さないようにしないと……注意力が散漫になってしまう。

スクリーンに目を向けながら、アルマダ中枢からの命令を待った。しかし、トリイクル9でなにが起こっているか、正確にはわからないようだ。あまりに悲惨な出来ごとなので、アルマディストに伝えることができないのだろうか。

アンはかすかにうめいた。

待つしかない。

6 墜落

《シゼル》のなかは空洞で、いくつかのキャビンのようなものに分かれていた。それをタウレクは倉庫として使っていたが、なかにあるのは奇妙なものばかりで、用途はわからない。タウレクにすこし案内してもらったローダンは、かえってがっかりした。

それに、飛行中はなかではなく、外のプラットフォームの上にいることになるだろう。そこには両名が到着してからずっと、深紅のエネルギー・バリアが張られている。タウレクの言葉によれば、破壊不能だそうだ。

防御バリアの一部分は外が見える四角い面になっている。そこから無限アルマダの一部が見えた。《バジス》からも同じものを観察している。見えている範囲から判断すると、その巨大なものは破壊された矮小銀河の瓦礫フィールドに十分の一光速で向かっているらしい。それは無限アルマダ全体の動きのことで、そのなかではつねにそれぞれが勝手に動いていた。

ローダンはセラン防護服を着用し、高機能な装備を身につけていた。

「提案だが」ローダンはタウレクに向かっていった。「わたしに《シゼル》の操縦システムの操作を教えてくれないか。もしあなたがこの遠征から帰還しなかったり、われわれが無理やり引きはなされたりしたら、どうやって《バジス》にもどればいいのか」

タウレクは《シゼル》への移動のあいだに、一種の個体バリアを自分のまわりに構築していたが、それはいままた消えていた。タウレクはおもしろがってかぶりを振った。

「われわれのうちのひとりが帰還するとしたら、それはわたしだ」

それでもローダンは要求をあくまでも主張し、タウレクは最終的に折れて操縦を教えた。ローダンのすばやい理解力に感心したようだ。

「これならきみひとりでなんなくフロストルービンへ行けそうだ」タウレクは認めた。

ローダンは相手に独特な視線を向けて、

「まさにそうしようと思っている！」

「なんだって？」タウレクは唖然としてたずねた。

ローダンはすぐ隣りに立っているタウレクの後頭部にすばやく一撃を見舞った。赤毛の男はくずおれそうになる。ローダンが抱きとめなかったら、倒れていただろう。テラナーはタウレクをそっとプラットフォームに寝かせ、

「すまない」と、謝った。「単純なダゴル・グリップだ。あなたはわたしの奇襲を予想してはいたが、わたしが装備にたよるはずだと考えたのだろう。それで間違ったシュプ

ールに導かれたのだ。例の〝兵舎〟を見たとき、武器や装備であなたを意のままにはできないことを知った。しかし、あなたはヒューマノイドのからだを使用している。そんな複雑な状況には、ダゴルの技による古典的なノックアウトが役だつのだ」

タウレクは猛獣の目でローダンをじっと見ていた。その感情はかんたんに読めた。怒り、不意打ちを狙う者の目つきだ。

タウレクの感覚器官はまだ働いていた。しかし、もう動けない。

ローダンはほほえみながら、それを見おろした。

「《シゼル》が本当に絶対移動の原則にしたがって飛ぶかどうか、たしかめる。わたしが殴った影響は、遅くとも目的地に着いたときには消えるだろう」

ローダンはタウレクから操縦ピラミッドに目をうつした。騎士の地位が自信をあたえていた。一瞬もためらわず、奇妙な飛行物体のエンジンを作動させる。両手で操縦ピラミッドを触ると、装置が読みとったすべての値いがテレパシーで伝わってきた。すばらしい経験だった。ローダンは装置から手をはなした。一瞬だけ《シゼル》とのコンタクトを失う。

「こんなすばらしい乗り物を返す気になるだろうか」ローダンはタウレクにいった。タウレクには、怒りをこめた目でローダンをにらむほかにできることはなかった。

《シゼル》のメンタル・インパルスはローダンにすべきことを伝えた。装置が非常に協力的なのに驚いた。異人による悪用を妨げるための安全装置はないのか？　たぶんあるのだろうが、こんどもローダンの騎士の地位が助けになったのかもしれない。不思議ではなかった。《シゼル》は物質の泉の彼岸からきたのだから。

ヘルメット・テレカムからアトランの声がした。

「タウレクを無力化したのはいい考えなのか？」アルコン人は心配していた。「出動がいまより危険になるぞ」

「ま、いずれわかるでしょう！」ローダンは《シゼル》で《バジス》からはなれ、銀河系船団の群れを抜けていった。

いま、自分が銀河系と、くじら座にあるNGC1068のあいだにいることを思いだした。つまり、テラから三千万光年はなれている。人間の想像をこえる距離だ。それでも、数字は距離をはかる概念となる。

《シゼル》は宇宙の蝶のように軽々と動き、星々をこえていった。ローダンは鞍に似たものの上にすわり、両手を制御装置に置いた。この装置なら、瓦礫フィールドでの操縦など児戯に等しい。重力は《シゼル》にはまったく影響をおよぼさないようだ。

飛行は夢のようだった。ペリーはいまいるところから飛びさっていって《シゼル》に乗ったまま宇宙の深淵に突進していかないよう、自制しなければならないほどだ。この飛行物体といっしょなら、どこへでも行けそうな気がする。もしかしたら、物質の泉の彼岸にも、あるいはすべての時間の果てにも……

銀河系船団をあとにする。頭上の四角いスクリーンでは、船団がちいさな点の塊りに見え、同時に名もなき存在となった。そこで生物が活動し、感情や希望を持って暮らしているなどとは想像もできない。

無限アルマダは相《あ》いかわらず、とてつもない大きさだった。距離が多少変わっても、見た目は変わらないほどだ。

制動物質でできたいくつかのプラットフォームを通りすぎた。いまではそれらが矮小銀河の瓦礫フィールドとは違うとわかっている。ふと思いついて《シゼル》の装置に、制動物質を分解できるかどうか、たずねてみた。一コンソールからほかのピラミッドとは区切られた装置ブロックが出てきて、うながすようにランプで合図する。ローダンは装置に触れて、身をすくめた。恐るべき武器システムのスイッチを手に感じたからだ。

「いまは制動物質を分解する時間がない」ローダンはとっさに大声でいった。

《シゼル》はあっという間に先に進んだ。時間は意味を失ったようだった。やがて、スクリーンの視界が変わった。装置が、想像できないほどの質量を持つ物質でできた壁のようなものに向かっていることを伝えてきた。

自転する虚無、フロストルービンに近づいている。

ローダンは《シゼル》を減速させて、タウレクのほうを向いた。タウレクはからだを起こした。

頭をあげて装置を見ると、目を大きく見ひらいた。腕をあげて、警告するように叫んだ。

「減速してはだめだ、ばかめ！」

ローダンは振り向いて、ふたたび制御装置に手を伸ばした。だが、それはかすかな音をたて、動かなくなった。

《シゼル》は宇宙のすべての力を集めた巨大な手につかまれ、その場から、自転する虚無にひきずりこまれたようだった。

「ばかめ！」タウレクはくりかえして、大急ぎで操縦ピラミッドに這ってくる。まだ救えるものだけでもなんとかしようとして。

しかし、《シゼル》は事象の地平面を飛びこえて墜落し、因果の連鎖から時空のあいだを転げおちた。宇宙の根源的な力に押しつぶされそうだ。

ふたりはフロストルービンのなかに墜落していった。

7 ヴィールス研究者

テラナーの批判はいくらでもできるが、すばらしい哲学者であることは確かだ。想像力の塊りといえるだろう。

有機生命体が消えたあとに、ロボットのような存在形態が自立して、全銀河をまたぐ文明をつくり、いつの日か宇宙を機械的存在だけで満たすところまでいくのではないか……テラナーたちがそう考えていたことを、キューブは思いだす。

最初はまったくばかげていると思った。しかし、いまいる場所から、これまでに実現したヴィールス・インペリウムの部分再構築物を見ていると、その考えに説得力があるような気がしてきた。

ばかばかしいとは思いながらも、自分自身が有機生命体なので、身につまされる。だが、進化はヴィールス研究者キューブがどうなるか、そんなことは意に介さない。自分のような立場にある者は、それを知らなくてはならない。進化はまったくべつの目的を持っているのだ。

それなのに、キュープはおちついていられなかった。部分再構築物はまだぜんぶ到着していない。ヴィールス研究者たちがそれらをひとつの複合体につなぎ合わせるには、しばらく時間がかかるだろう。

しかし、その後なにが起こるのか？

キュープは長期にわたりヴィールスの群れを集めてきた過程を振りかえって、恐怖と息苦しさに襲われた。

コスモクラートたちは本当に自分たちが着手したことの詳細がわかっているのだろうか？　このようなかたちでのヴィールス・インペリウム再生で生じる結果を知っているのだろうか？

「なにを考えているのだ？」

ヴィールス研究者アセラアルがうしろにきた。ふたりは巨大な風船状の組み立て施設の透明な張り出し部分にいる。コスモクラートたちはドルグン移送機でこのような組み立て施設を二十数個、ここに運ばせていた。

「テラにいたころのことを」キュープは嘘をついた。

「きみはそこからいきなり姿を消したと聞いたが」

「そこでのわたしの仕事は終わったんだ」キュープはいった。

実際には、あれは逃走だった。ゲシールからの逃走だ……キュープはどうしてもだれかにそのことを話さずにいられなかったのかもしれない。

第四世代コロ・コン人の小男、アセラアルはこの答えに満足しなかったようだ。

「どのヴィールス研究者も、無間隔移動ができるのは一度しかない」アセラアルはいった。「生命が危険に脅かされたときだ」

「どうせわたしはまだ一度も本当に危険な目にあっていないよ」キウープは怒って答えた。

このおしゃべり好きのあつかましい男と、同じ部隊でいっしょに働きたくなかった。

しかし、まだ組み分けは決められていない。

アセラアルは外を指さした。

「テラではあれをスプーディと呼ぶのではないか?」

キウープはあれこれ説明する気力もなく、ただうなずいた。

「あれをぜんぶ組み合わせたらどうなるだろう……きみのやわたしのと、ほかの者が持ってきたものを」コロ・コン人は考えこんでいる。

「なにかがはじまるだろう」キウープは答えた。「あるいは終わるか。いつでもそうじゃないか」

「ヴィールス・インペリウムの再建が持つ可能性は想像できないな」アセラアルは夢中になって話した。「われわれが答えを出せないような質問は、もはや存在しなくなるだろう」

「われわれ?」キュープはいやみたっぷりにくりかえした。ヴィールスの大きな群れが外を通りすぎた。部分再構築物のひとつからはなれてしまったらしい。研究者がまたもどさなければならないだろう。

その凝集体を見て、キュープは未来を想像し、暗い気分になった。ふたたびスリマヴォとゲシールのことが頭に浮かぶ。

自分たちがあそこでつくっているのが機械の化け物のようなものだとしたら、どうだろう? ──コスモクラートたちが考えたものとまったく違っていたら?

キュープは気をとりなおした。わざわざ頭を悩ませることはない。ヴィールス・インペリウムは、自分もそのひとつを組み立てた、ちっぽけな……直接ほかのものと比較したところ、実際にちいさくてみすぼらしかった。……部分再構築物とは違う。

ヴィールス・インペリウムを制御するのはコスモクラートだ。かれらが任務を依頼したヴィールス研究者たちとは、まったくべつのやり方をするだろう。

コスモクラートたちの手にかかれば、ヴィールス・インペリウムの再構築は善だけをもたらすはずだ。

アセラアルは行ってしまった。どうやらキュープをいらだたせたことに気づいたようだ。

ホールの反対側にあるバルコニーで大きなハッチが開いた。ヴィールス研究者のグループがあらたに到着したのだ。青服のアンドロイドがあちこち連れまわしている。

狂気の作業工だ！　キュープは思わず考えた。

だれとも話をしなくてすむよう、ちいさな側廊に逃げこんだ。

外では雲のなかでさらなる再構築が実現していく。キュープはしだいに恐れをいだきはじめながら、それを見ていた。

8　フロストルービン

不思議な、混沌とした世界だった。ここでは、すべてが同時に起こるようだ。最初、ローダンは目がくらんだ。まわりで恒星がいくつも爆発し、ほかのものは崩れ去ったように見えた。

まだ、まともに考えられないまま、ゆっくりまわりを見まわした。瓦礫フィールドはもう見えない。星座はすべて未知のものだ。しかし、そう断定するのは間違いかもしれない。この奇妙な宇宙には決まった星系がないようだから。すべてが動いている。しかし、そこには原則も、秩序もない。

「すべての因果律は断ち切られた」タウレクの声がした。「われわれは通常の尺度をこえた媒体のなかにいる。一種のハイパー空間だ」

「フロストルービンのなかではないのか？」ローダンは愕然としてたずねた。

「フロストルービンは五次元構造物なのだ」タウレクは説明した。「その一部が盲腸のように、アインシュタイン連続体に突出している。それが二千光年の大きさを持つ円盤のように、われわれには見える」

「まだ、われわれがどこにいるかの説明になっていない！」と、ローダン。

数かぎりない恒星の花火に、目がほんのわずかだが慣れてきた。《シゼル》がこのような空間で操縦可能なこと自体が不思議だ。

「正確な説明はできない」タウレクは答えた。「知ってのとおり、五次元空間は遍在する。アインシュタイン連続体の生物がそれを知覚できないだけだ。平面に住む、つまり二次元の生物を想像してみるがいい。それは三次元の存在も、あるいはその動きも知覚できない。われわれが二次元の世界に足を置いたとする。二次元の生物は足跡でなにかを感じるかもしれないが、靴底から足のかたちを推理することはできない。われわれが足を軽く持ちあげれば、たちまち二次元生物の視界から消えてしまう」

「つまりフロストルービンは、なにかほかのものの足跡にすぎないと？」ローダンは気づいた。

「そういえるかもしれない」タウレクは認めた。「ここでは事物がひとつの方向には進まず、われわれが理解しているような時間も存在しない。だが、さいわいにも《シゼル》はそのような環境でも使うことができる。なんといっても物質の泉の彼岸でつくられたからだ」

「しかし、われわれはアインシュタイン連続体にいるときのままの姿じゃないか！」ローダンは叫んだ。

「そのとおり！　だから、ここでのことが、とんでもなく説明不能に見えるのだ」

ローダンは目が痛くなるまで、遠い恒星の集まりを見ていた。タウレクはローダンを《シゼル》の操縦装置からそっと押しのけた。

「もしここに恒星が存在するなら」そばかす顔の男はいった。「惑星も見つけることができるにちがいない」

ローダンは目を大きく見ひらいた。

「つまり……生命を？」

「おかしいか？　われわれは結局のところ、セト＝アポフィスがフロストルービンをどのように操り、悪用しているかを確認するためにここにきたのだ」

この瞬間がいいタイミングだ。ローダンはすばやくたずねた。

「それと無限アルマダにはどんな関係があるのだ？」

「もしかしたら、同じような使命を帯びているのかもしれない」タウレクは質問をかわし、プラットフォームをおおう防御バリアの四角いスクリーンを指さした。一星系が見える。黄色恒星と五惑星からなるが、いちばん外側の惑星は奇妙だ。どうやら、たがいにはなれようとする物質粒子の雲でできているらしい。

タウレクは驚くローダンの視線を追って、いった。

「重力の反転だろう。あの惑星は最終的には気化する。その構成要素をほかの四惑星が、あるいは恒星が引きよせるのだ」

ローダンがセラン防護服の手首のクロノグラフに目をやったとき、タウレクは同情するようにほほえんだ。

「そんなもの、わたしはもう当てにしない!」

《シゼル》は速度をあげた。未知の星系に向かって疾駆するあいだ、ひとつの疑問がローダンを不安にした。

どうやったら、ここにもどってこられるのだろう?

＊

ふたりは未知の星系第四惑星を過ぎた。タウレクはさして興奮しているふうもなく、大気圏の拡大映像をスクリーンにうつしだした。完全に晴れている場所が空に一カ所あるが、雨が降っている。しだいに雲が近づいてきた。ローダンは目をしばたたかせたが、質問はしなかった。惑星の表面は人気《ひとけ》がない。どこまでも暗い湖や沼と、泥まみれの陸橋がいくつか見えるだけだ。

《シゼル》はまるで幻影のようにこの惑星を通りすぎて、第三惑星に近づいた。タウレクが遠距離探知システムを地表に向けると、高さ数メートルの草の生えた草原が見えた。

草を食べつくされて丸裸になった丘もある。甲羅を背負った牛に似た動物がうずくまっていた。ちいさな台地では、この巨大な生物二頭が、おたがいにはなれては猛烈な勢いで突進するという動作をくりかえしていた。甲羅のような隆起物がぶつかると、大きな音がする。最後には一頭が転倒した。甲羅が割れて、からだの片側にぶらさがっている。

タウレクは《シゼル》で大気圏の最上層に入った。防御バリアの外側に一時的に氷がついて、光るカバーのようにプラットフォームに張りつき、外が見えなくなる。起こるはずのない現象だった。あらゆる旧知の自然の法則に逆らっている。《シゼル》はそれでも先を進んだ。タウレクは目的地を正確に知っているようだ。

ふたたび外が見えるようになると、下に巨大な盆地が見えた。盆地をとりまく山々の頂上はどれも宇宙の真空、つまり大気圏外までのびていた。盆地のなかはきちんと開拓され、人工的に設置された水路あるいは手入れされた畝《うね》のようなものがのびている。《シゼル》は速度を落とした。ローダンは自分たちが自転する虚無の内部にいることを思いだした。これは通常の宇宙空間の惑星ではない。

細い水路のように見えたものは、低く飛んでみると、ならべられた石の長い列とわかった。だれかが意図的に境界を引き、印をつけたように見える。

「なんに使うのだろう?」ローダンはたずねた。

タウレクは、肩をすくめて答えた。

「なんともいえない。そもそも謎めいた世界のようだ」

飛翔パイプはいま地上近くを浮遊していた。見るかぎりでは、外は心地よい気温のようだ。

ローダンはまたおちつきをとりもどした。実際に外のようすを見ると、異常には思えない。ごくふつうの惑星なのだ。

そんな自己暗示効果になおも身をゆだねていると、《シゼル》の前を一本の〝腕〟が通りすぎた。

*

人間の腕ではない。ローダンはひと目でわかった。黄色の毛が生えていて、水疱状の鱗《うろこ》肌でおおわれている。ふつうなら出血しているだろう。どう見ても、切りはなされたからだの一部分だったからだ。

「タウレク！」ローダンはなんとか言葉を発した。

「わたしも見た」物質の泉の彼岸からきた男も、同じようにやっと答えた。

「なんだろう？」

「わからないが、あまり本気で現実だと考えないほうがいい！」

たしかにそれは善意の助言だったが、期待どおりの効果は呼ばなかった。

ローダンは考えた。ここがハイパー空間であろうとなかろうと、この肉体片はなにかを意味している。

腕は滑るように飛んでいった。どうやら、盆地の出入口になっている峡谷に向かっているらしい。

ローダンは、これまで優位をたもっていた同行者がうろたえるのを、はじめて見たような気がした。

「なにをぐずぐずしている?」と、タウレクをうながす。「追いかけるのだ」

赤毛の男は黙ってコースを変えた。コンソールの前に移動すると、独特の服がささやくような音をたてる。

ローダンは腕から目をはなさなかった。かなりの速度で飛んでいく。地面にならべられた石の線をたどっているようだ。その線はすぐに峡谷の出入口に到達し、見えなくなる。

ローダンは突然、鉄のクリップでつかまれたようになった。信じられないような恐ろしい光景が見えたのだ。騎士の地位とその経験がなければ、この瞬間に理性を失っていたかもしれない。

峡谷のなかは薄暗かった。それなのに、細かいところまでよく見える。

突きでている岩のあいだに、ありとあらゆる生物のからだの一部分が群がっていた。

異様な化け物の群れのようで、どんな人間でも正気をなくしそうだ。

しかし、なんらかの納得できる説明があるにちがいない。

この考えにローダンはしがみついた。

「パニックになるな！」タウレクが大声で叫んだ。「気分が悪くなったのか？」

ローダンは黙ってかぶりを振った。驚いてはいたが、それでも魅せられたように峡谷のなかのなりゆきを見守る。あらゆる種類の肉体片が、まるで浅瀬の魚のように岩のあいだを動きまわっている。雑踏のようだった。

タウレクは《シゼル》で慎重に峡谷をこえて移動していった。峡谷の反対側では、飛翔パイプの乗客ふたりが想像もできないようなことの全容が明らかになってきた。

斜面に肉体片がうごめいている。風に吹かれて上下に動いたり、回転しながら岩山をこえたり、草原にすべりおりたりしている。

数十万はあるにちがいない。

ローダンは緊張でからだが震えた。この場から逃げだしたい気持ちをぐっとおさえる。

「どこかに着陸できるか？」タウレクにかすれ声できいた。

「もちろんだ！」

「人間の肉体片が下にあるかどうか確認しなければならない」

タウレクの声にある驚きを聞き逃すことはできなかった。

「ずぶとい神経をしているな、ペリー・ローダン。わたしはできるだけ早くここから消えようと、提案するつもりだったのだが」

「いや、着陸してくれ」

こんな状況でもタウレクの操縦技術はすばらしく、《シゼル》をほんの数秒でなめらかな岩壁近くに着陸させた。好奇心からか、肉体片がいくつか《シゼル》をひとまわりして通りすぎる。ローダンはじっと見ないようにした。それらはからだの一部分や内臓で、まるで狂人が何千ものさまざまな生物を切り刻み、ここへ運んだようだ。それでも不思議なのは、見たところ肉体片が気楽に飛びまわっていることだ。そのうえ、生存能力がありそうに見える。

ローダンは肩をつかまれたのを感じて、はげしく振りはらおうとした。

「われわれがどこにいるかを忘れるな！」タウレクは助言した。「すべてを精神的に解釈しようとすれば、すぐにでも理性を失う。ここではすべてが通常の宇宙とは違っているのだ。われわれの感覚では、ここでのすべてを正しく見ることはできない」

タウレクはローダンの肩から手をはなして、防御バリアを切った。ローダンはちいさな岩の台地に跳び乗った。簡易測定装置を調べて、大気が呼吸可能であるのを確認する。意を決してヘルメットを開け、頂上めざして岩のあいだを登っていった。肉体片がとくに多くあるところに、どうしても行きたかったのだ。

タウレクはプラットフォームのはしに立って、かぶりを振りながらそれを見ている。

肉体片の群れのひとつから、人間の膝のようなものがすべりでてきた。ローダンは飛翔装置のスイッチを入れて、岩から浮揚した。

「なにをするのだ？」タウレクが心配して叫んだ。

「予想したとおりだ！」ローダンは答えた。「そこに人間の肉体のようなものがある」うっかりしていて、頭上に張りだしている岩にぶつかった。膝に似た肉体片の近くだったので、張りだした岩で自分を支えた。〝膝〟は、赤い皮膚片のようなものとグリーンに光る奇妙な臓器のあいだを浮遊している。

カオスのように見える状況だが、ローダンは自分が答えに近づいているのを感じた。もっと近くで見るため、腕を伸ばして〝膝〟をつかもうとした。

この瞬間、まわりの風景にまさにひびが入ったようになり、惑星全体が暗黒につつまれた。ローダンは叫び声をあげた。衝撃を感じる。まわりの風景が無のなかに沈んだ。

ほとんど同時に、暗闇のなかにまったくべつの惑星の風景が浮かびあがった。夜だったが、銅色の衛星が三つ、方向を見定めるのに充分な光を、樹木でおおわれた絵のように美しい丘の連なりに注《そそ》いでいた。ローダンはまだ外にいた。《シゼル》はいま、一本の木の幹に立てかけてある。

「もどってきたほうがいい！」タウレクがプラットフォームから叫んだ。「また同じことが起こったら、われわれ、はなればなれになるかもしれない」

その声はローダンの意識下にとどいただけだ。痛めつけられた理性が、仮想の現実をすり替えるのに夢中になりすぎて、自分自身を追い詰めているのを感じた。それでも、よろめきながらプラットフォームに歩いていった。視線は宙を見つめている。それを見てタウレクは、トレードマークのような物腰の柔らかさをはじめて失った。ローダンになにが起こったのかを感じたのだ。ののしりの言葉を吐いて、プラットフォームから跳びおりると、ローダンに向かって走りよった。《シゼル》に引っぱりこむためだ。

ローダンは溺れる者のようにしがみついた。タウレクの肩ごしに、茂みのほうから肉体片のちいさな群れがこちらに浮遊してくるのが見える。

ここでも同じか！　ローダンは思った。

ずっと潜在意識に引っかかっていたことが頭に浮かんだ。

イホ・トロトの報告だ！

トロトはメンタル・ショックを経験して以来、セト＝アポフィスの命令に対して免疫を持っている。フロストルービン宙域にいたほかの生物も、このメンタル・ショックをこうむった。

トロトはなんといっていただろうか？

〝まるで、数百万の意識が同時に襲いかかってくるようだった〟

ハルト人がいたのが、ここ、フロストルービンのまんなかだったとしたら？　もちろん、かれの肉体ではなく意識が。たとえ一瞬だけだとしても……

イホ・トロトが聞いたのは肉体片の心の声だったのか？

ローダンは寒気がして身震いした。

すると、タウレクがいった。

「そこに人間の頭がある！」

9　囚われの身

　完全な頭部ではなかった。頭蓋と片側が耳ごと完全に欠けている。だからといって、醜くもなければ、不快感をあたえることもなく、それなりにひとつの完成品だった。女性の頭部だと判別するには充分だ。

　頭部がこれ以上ほかの場所にいきなり移動したりしないよう、ローダンは願った。五次元媒体のなかでは、かんたんなことなのだろうが。

「ハロー！」ローダンは叫んだ。

「頭がおかしくなったのか？」タウレクがどなりつけた。「ここにいるのは人間ではない。きみを見たり、声を聞いたりできる者はいない！」

　ローダンがほっとしたことに、完全な推測にしたがって行動したとはいえ、今回はタウレクの先をいったようだ。

　頭部が群れをはなれて《シゼル》のほうに飛んできた。ローダンは同行者に勝ち誇ったような視線を投げかけた。

「あなたたちを助けることができればと思ったの」女の頭がいった。「わたしのほうこそ助けが必要なのだけど……でも、わたしはもうあきらめた。状況は変わらないわ」

タウレクは驚いたように口笛を吹いて、いった。

「わかってきたぞ。これは彼女の意識存在だ。われわれの感覚がこの宙域に適応できないため、こうしたかたちで具現化したのだ。われわれと同じく肉体を持つように見えるが、こちらの感覚のためだけに存在している。だが、実際は……」

タウレクは話を中断し、ローダンを驚いたように見つめた。

「みな完全な肉体だったにちがいない！」そう口ばしったのだ。

「なんてこと！」女の頭が叫んだ。「あなたはペリー・ローダン！　いまわかりました。セト＝アポフィスはあなたを工作員にすることに成功したのですね」

「違う、そうじゃない！」ローダンははっきりいった。「われわれはみずからの意志でここにきたのだ。きみたちを助けられるかもしれない。でもその前に、きみがだれかを教えてくれないか」

「わたしはアリーン・ハイドン」頭が答えた。「惑星シガに自由テラナー連盟の代理人として駐留しています」

「きみはその職責をいまなおはたしているのか？」

「もちろんです！」女の頭は確信に満ちた声でいった。

それはそうだ！　ローダンは納得した。このときアインシュタイン宇宙では、惑星シガでひとりの女が自分の仕事をしている。ふだんは……活性化されていないときは……自分がセト＝アポフィスの工作員として悪用されていると気づくことさえないのだ。

ローダンは目の前の者に同情を感じた。できれば、なでて、なぐさめてやりたかった。しかし、むだだ。実際にはその頭は存在しない。五次元空間に慣れていない意識が見ているにすぎない。

自分はただ、ひとつの意識に向き合っているだけなのだ。

アリーン・ハイドンの意識に……

正確にいうと、その意識のほんの一部に！

「どういうやり方でこうなったのだ？」ローダンは優しくたずねた。

タウレクはこのあいだに状況を理解したようだった。というのは、女の頭への質問のじゃまをしなかったからだ。

「いつも同じやり方です」それが答えだった。「あなたもそのうちわかるでしょう。セト＝アポフィスはプシオン性ジェット流を使います。もっとも強力な武器で、それを使って宇宙の奥深くへ手を伸ばしています。ただ、多くの生物はネガティヴ超越知性体のプシオン性ジェット流に当たっても、反応しません。免疫があるようです」

「だからか！」ローダンはほっとしてうめいた。なぜ自分やほかの宇宙ハンザの主要メンバーがセト＝アポフィスにいまだにやられないのか、いつも疑問に思っていたのだ。理由はかんたんだった。プシオン性ジェット流の理論は明らかに正しい。それを使ってセト＝アポフィスは、惑星クーラト地下の丸天井の部屋とケスドシャン・ドームも攻撃したのだから。

ローダンはふたたび女の頭がいっていることに注意を向けた。

「……そのときどきの状況で違いますが、攻撃はとてもすばやくおこなわれます。プシオン性ジェット流に当たった人がその影響を受けやすければ、セト＝アポフィスはその犠牲者の意識のほんの一部分を引きはがし、〝デポ〟に運びます」

〝デポ〟！

〝セトデポ〟のことだ！

ローダンは興奮で膝が震えた。いろいろなことがはっきりとしてきた。

「つまり、セト＝アポフィスの本来の居場所はM－82なのか？」ローダンはたずねた。

「知らなかったのですか？」アリーン・ハイドン、あるいはその意識片がたずねた。

「意識片が〝デポ〟に運ばれると、セト＝アポフィスはその主意識の持ち主をかんたんに操作できるのだな」ローダンは答えるかわりにいった。「主意識と連れ去られた意識片は、つねにつながっている。セト＝アポフィスは必要ならいつでもそのつながりを使って活性化させ、工作員として投入するわけだ」

数百万の犠牲者のことを考え、ローダンはあまりの怒りに両手をこぶしにかためた。セト＝アポフィスは犠牲者を操り人形のように操作している。それぞれが完全なマリオネットなのだ。

「そのとおりです」女の頭はいった。

ローダンはまわりのすべてを抱きしめるようなしぐさをした。

「そして、セト＝アポフィスは意識片すべてをフロストルービンの内部に集めた。そうではないか？　フロストルービンは〝デポ〟なのか？」

「そうだと思います」アリーン・ハイドンの盗まれた意識片は認めた。「でも、一方でフロストルービンは一種の変圧器というか、増幅装置にすぎません。フロストルービンはM－82への出入口なのです」

タウレクが長い沈黙を破った。

「ハイパー空間の境界を知ることはできない。ここがどこで、いまがいつなのか、われわれにはわからないのだ」

ローダンは怒ったようにうなずいた。

「それはよく知っている。セト＝アポフィスはかつてそれで徹底的にこちらをだました。われわれは長いあいだ、ツインクエーサーを〝デポ〟だと思っていた。しかし、たぶんセト＝アポフィスは、プシオン性ジェット流の助けでツインクエーサーを方位測定し、リフレクターとして使っていただけだ。そうやって、自分を探している敵をだました。しかし、もうどこにいるかわかったぞ！」

「すると、M-82に行くつもりなのか？」タウレクはたずねた。

「できるだけ早く」ローダンは女の頭のほうを向いた。「これで、どこにセト＝アポフィスがいるかはわかった。きみはセト＝アポフィスがなんなのか、知っているか？」

女の頭がなにかを避けるように脇にすべり、それと同時に、そのなにかが恐ろしい勢いで《シゼル》に激突した。《シゼル》は引っくりかえった。ローダンはプラットフォームから投げだされて、一本の木にぶつかった。タウレクが必死で叫んでいるのが聞こえる。一対の巨大な目が森の薄暗がりのなかで光ったのだ。威嚇《いかく》するような鼻息が聞こえた。その音から想像すると、山のように大きいにちがいない。蹄《ひづめ》のようなもので地面を引っかいている。

ローダンは身をかがめた。

すると、巨大なものの尾が、着陸した《シゼル》にもう一度ぶつかり、引っくりかえった乗り物からわずか数メートルはなれた地面をたたきつけた。

「セト＝アポフィスだ！」これまで同様によく通る声でタウレクは叫んだ。「自分の領域にだれかが侵入したのに気づいたんだ」

木々が爆発音のような音をたてて裂け、土は空中に飛びちった。森からなにかが大きな足音をたてて、出てきた。この周囲一キロメートルに生息するものをすべて押しつぶしそうな大きさだ。

10 セト＝アポフィス

この化け物が惑星の原住生物なのか、セト＝アポフィスの被造物なのか、それとも、なにかまったくべつのものが五次元世界で人間の目に化け物として見えているだけなのか、おそらく確認はできないだろう。

ローダンはがんばって、なんとかからだを起こそうとした。そのあいだにも、森からイモムシの化け物のようなものが突然あらわれ、《シゼル》に近づいてくる。短い脚で信じられないほど速く動き、からだを垂直に立てて、長い尾を打ち鳴らした。口は大きく、搭載艇が一機、そのなかにすっぽり入るほどだ。

ローダンはベルトから分子破壊銃を抜くと、慎重に化け物の頭部を狙った。ところが、エネルギーが粘液のように銃身からしたたりおちて、灼熱する鉄のように地面に飛びちる。

「武器をおろせ！」タウレクは裏がえった声で叫んだ。「自分で自分を殺すことになるぞ」

ハイパー空間独自の法則だ！　ローダンは思いだした。

装備はすべて使えなかった。まわりを見まわした。いまは逃げるしかない。

タウレクが《シゼル》に向かって走っていくのが見えた……よりにもよって、もっとも危険が迫る《シゼル》に。タウレクは片手に〝兵舎〟を持ち、ロボット兵士十二体を外にくりだした。それらは巨大なイモムシの頭部に突進し、そのなかに消えたようだ。

やがて化け物は倒れこみ、その重さで地面が揺れた。

「こっちへ！」タウレクが叫んだ。ローダンに手招きをする。

タウレクは、引っくりかえった《シゼル》の制御装置のところで必死でなにかやっている。

ローダンは飛翔パイプにたどりつき、プラットフォームのはしにしがみついた。

タウレクの声が聞こえた。

「しっかりつかまれ！　出発する！」

《シゼル》はあちこちによろめき、地面の上をすこし滑ると、巨大なイモムシの脇腹に激突した。ローダンは叫び声をあげた。化け物が頭をまわした。その目はローダンの頭上高く、まるで巨大な提灯《ちょうちん》のように揺れている。そこに、すでに数メートルの大きさになっていたタウレクのロボット兵士たちがすばやく割りこんできて、武器アームで敵に殴りかかった。

《シゼル》は上昇し、よろめきながら、イモムシの背中にある棘《とげ》のようなものにそって、尾のほうにおりていく。

するると、機体に衝撃がはしった。タウレクは勝ち誇ったように叫び声をあげた。《シゼル》はふたたび操縦可能になり、安全な高さにふたりを運んだ。

ローダンはようやくプラットフォームに跳び乗った。

ローダンが安堵の声をあげようとする前に、タウレクは暗い声でいった。

「セト＝アポフィスにわれわれの居場所を知られてしまった。もうその脅威から逃れられない」

ローダンは床に這いつくばって、プラットフォームの下をのぞき見た。イモムシはその場でぐるぐるとまわって、断末魔の苦しみのように痙攣《けいれん》している。

「アリーンはどこにいるのだ？」ローダンはうめいた。「もう一度見つけなければ！　質問したいことがたくさんある」

タウレクはロボット兵士を呼びもどすと、兵舎に集めた。

「あの意識片を助けることはできない」残念そうだ。「いずれにしても、いまはまだ。そのためには……」

そこに最初のときと同じような変化が起きて、突然まわりが漆黒の闇に沈み……次の瞬間、《シゼル》は光あふれる水面上を浮遊していた。

水面はどちらを見ても水平線までつづいている。遠くにはいくつかの島が、海に浮かぶグリーンの染みのように見える。空は真っ青で、黄土色のちいさな恒星がそのなかにあった。

「まさに迷路だ」タウレクはいった。「フロストルービンの質量の大半がハイパー空間にあるので、われわれは実質的に、どこでもいつでもべつの世界に出る可能性がある」

ローダンは下を指さした。

「これはなんだ?」

「いちばんいいのは、見えるとおりに受けいれることだ。水の世界だ」タウレクはおちついていた。

「セト=アポフィスがわれわれをまた見つけるまでに、どれくらいかかるだろうか?」

ローダンはたずねた。

それに関しては、コスモクラートの使者も答えを知らなかった。

「もっと長くアリーン・ハイドンと話をしたかった」ローダンは顔をゆがめた。「彼女を助けられなかったのが悔やまれる」

「助ける? セト=アポフィスをか?」

ローダンはこの言葉の意味を理解するのにしばらくかかった。

プラットフォームからタウレクのところに向かった。タウレクは鞍のような操縦席に馬乗りになり、制御装置を見つめている。

「アリーン・ハイドンはネガティヴ超越知性体の捕虜なのだぞ！」ローダンは叫んだ。

タウレクの猛獣の目が攻撃の好機を見つけて光った。しかし、おちついている。

「そうかもしれない。しかし、彼女は同時にセト＝アポフィスでもある！」

「どういうことだ？」

「きみももうわかっているだろう。あの数百万の意識片がすべていっしょになって、セト＝アポフィスを形成しているのは明らかだ」

ローダンは目眩《めまい》がするようなむなしさを感じた。

「それは……あるはずが……ない」つっかえながらいった。

「どうしてそう思うのだ？」タウレクは挑戦的な笑い声をあげた。「きみの道徳観に合わないからか？　意識片のどれもが、それぞれに見捨てられた捕虜であることはたしかだ。しかし、全体となるとまったく違う。ひとりのごくふつうの人間がヒステリックな集団に同調するとどうなるか、知っているはずだ」

「しかし、その集団はどのように機能するのだ？」ローダンはたずねた。「どのようにして、それははじまったのか？」

「説明するのはむずかしい。遠い過去、異意識を制御することを学んだ生命形態がM－82にいたにちがいない。それはますます巧みになり、遠い距離をこえて意識を捕まえ

か?」

「つまり、すべてのはじまりとなった核というか、一種の原細胞が存在するということ
るプシオン性ジェット流の開発に成功した。そうして、たえず強くなっていった」

「そうだろうな!」

「それはまだ存在するだろうか? もしかしたら、M‐82に?」ローダンは考えた。

「考えられる」

ローダンは自分が遅かれ早かれM‐82に行き、その関係を調べることになるだろうと、この瞬間に予感した。タウレクの論理が正しいかどうか確信はないが、これまで体験し見聞きしたことすべてから判断すると、かなり説得力がある。

個々の意識片はまちがいなく、いまの状態から解放されたがっている。おたがいに助け合おうとしてもいる。メンタル・ショックにさらされた結果、セト=アポフィスの攻撃に対して免疫を獲得した生物は……たとえばイホ・トロトがそうだが……個々の意識片のおかげをこうむっているのかもしれない。だが意識の集合体は、そうした個々の捕虜とはまったくべつの法にしたがっているのだ。

意識存在の集合体は、いまだにセト=アポフィスの原細胞に操作されているのかもしれない。

しかし、それはあくまでも推測だ。はっきりとさせるためにはM‐82に行かなければ

ばならない。

タウレクはそれがよくわかっていたのだ。その迷路を抜ける道はM−82へつながっている。

それが、あの奇妙な構造物の説明にもなる。《バジス》が最初にフロストルービン宙域に滞在したさい発見した岩塊で、M−82からきたらしいとわかったのだ。なんらかの間違いでフロストルービンを抜けでてしまったのだろう。

「不思議なのは、コスモクラートたちがすべての疑問の答えをまだ見つけていないことだ。それなりの行動もしていない」ローダンは同行者にいった。

「物質の泉の彼岸は、われわれがいまいるこの場所よりもさらに異質なのだ」タウレクは真剣に答えた。「そこで長く生きる者はアインシュタイン空間がどうなっているかを忘れ、関係というものの意味を見失う。かつてコスモクラートたちには、質問できるヴィールス・インペリウムがあった。わたしはそれが近いうちにもとにもどることを望んでいる。いずれにしても、すでにヴィールス研究者はヴィールス・インペリウム部分再構築物の組み立てを開始しているだろう」

たぶん……と、ローダンは考えた。自分はコスモクラートたちの可能性をあまりに高く、つまり間違って評価しているのだ。

カルフェシュはコスモクラートたちが神のようなものではないことを示唆(しさ)していた。

233

自分もそのように考えていかなければならないだろう。

「われわれはこれで二回、べつの場所に移動したわけだが、どういう力が働いたのか、その力を操作することはできるのか、いま考えているところだ」タウレクの声が聞こえた。「ここで方向を見きわめて動くためのトリックを、セト＝アポフィスは知っている」

影が《シゼル》の上に落ちた。ローダンは空を仰ぎ見た。グロテスクな物体の群れがタウレクの飛行物体に近づいている。太った生物で、いくつかの短い羽と、不格好な頭に尖った角を持っている。遠くの島から飛んできたようだ。その総数はしだいに増大していく。

「ここもう安心できないな」タウレクは恐れた。「セト＝アポフィスがわれわれの存在を知ったいま、どこにいようと追いまわすだろう。しかも、こちらは迷路からの出口がわからない」

「帰り道もわからずに、わたしを連れてきたのか？」ひどく腹をたててローダンはいった。

タウレクは無邪気な明るさでにんまりとした。

「いくつかの可能性はある。しかし、その可能性を順番にためしてみなければならないだろう」

《シゼル》は速度をあげて、飛翔生物の群れとのあいだに距離をあけた。

島をひとつこえた。藪や灌木《かんぼく》が生えたところには肉体片があちこち飛びまわっている。その光景があまり不気味だったので、意識片の顕現したものだというローダンの確信はまた揺らいだ。

煙が柱のように高く昇るのが見えた。

「火事だ！」ローダンはタウレクに呼びかけた。「たしかめる時間はあるか？」

タウレクは追跡者を探してあたりを見たが、まだ姿が見えない。

「地上近くまで降りて、島をまわってみよう」タウレクはいった。

「フロストルービンとは本当はなにか、教えてくれないか？」ローダンは、赤毛の男が惑星地表に向かって飛翔パイプを降下させるあいだに、たずねた。「それがとてつもない構造物で、アインシュタイン宇宙にとどいているのがほんの一部分だということはわかっている。ポルレイターがそれを封印する前は、セト＝アポフィスの支配下にあり、宇宙空間のあちこちに恐るべき荒廃をもたらしたことも。しかし、そうなる前はフロストルービンとはなんだったのだ？」

タウレクがこの質問を避けようとしたのが見てとれた。懸命に《シゼル》を操縦している。やっと頭をあげていった。

「きみにはかんたんにわからないこともある」

「わたしは深淵の騎士だ」ペリー・ローダンはいった。「事情を知らされるべきだと思わないか？」

タウレクは拒否するような顔をした。

「それはこちらで判断する」つっけんどんな答えが返ってきた。「この宙域ではわたしが指揮をとっていて、きみはわたしの指揮下にいる。だから、情報をいつ提供するかはわたしが決める」

こみあげてくる怒りをおさえるのにローダンはすこし苦労した。おそらくタウレクもフロストルービンのすべてを知っているわけではないのだろう。しかし、あらたな主導的立場を要求するためにこの状況を利用したのだ。この男に対して感じていた親近感に、思いもかけずブレーキがかかった。

やりすぎたと感じたのだろうか、タウレクはすこしだけつけくわえた。

「フロストルービンは、そのもともとのかたちでは、宇宙にとってすばらしい意義を持っていた」

ローダンはそれで満足しなかったが、《シゼル》がいま岸辺すれすれに下降しているので、島のようすに注意を引かれた。

ふたりが見た煙は、大きく口を開けている地面の割れ目から出ていた。そのあたりを漂っている意識のあいだには、人間の肉体片は見つからなかった。ローダンがさらにあちこち見まわす前に、タウレクがあわただしく《シゼル》を上昇させる。

すぐにローダンはその理由がわかった。あらゆる方向から、角のある飛翔生物の群れが近づいてきたのだ。

「なぜ宇宙空間に逃げないのだ？」ローダンはたずねた。

「それがどのような結果をもたらすか、ここではわからない。武器を使うのも危険だ」同行者は答えた。

飛翔生物が何体か近づきすぎて、防御バリアにぶつかった。それでも燃えあがることはなく、粥《かゆ》状の物質のなかを通るように降下してきて、プラットフォームの上に落ちた。

ローダンはそれをブーツでどかそうとした。

突然、空が暗くなった。恒星が瞬間的に動いたようだった。ローダンは自分たちがあらたに五次元連続体から転げでて、べつの場所に実体化するのではないかと思った。しかし、《シゼル》はしだいに速度を落としている。タウレクのそばかすだらけの顔がいっきに老けたように見えた。

「なにが起きたんだ？」ローダンは叫んだ。

「セト＝アポフィスだ！」タウレクは答えた。「ずっと恐れていたことが起きた。プシオン性ジェット流で攻撃してきている」

「われわれはそれに対して免疫があるのではないのか？」

「今回、セト＝アポフィスは全力をあげてこちらに集中している」タウレクはいった。声には絶望感が漂っていた。「それに、われわれはアインシュタイン宇宙にいるのではない。あらゆることが起こりえる」

空気がまわりで鳴りひびきだした。《シゼル》は揺れて、空中ではなく波の高い海にいるようにローリングした。

角のある飛翔生物はいまや数十体にもなり、《シゼル》の防御バリアに突進してきた。あらゆるところからグロテスクな肉体片がやってきて、《シゼル》のまわりではげしいダンスを踊っている。タウレクはベルトに手を伸ばした。しかし、ケースのひとつを開ける前に、なにかが命中したようだった。顔は痛みでゆがみ、ゆっくりと前に倒れた。

操縦ピラミッドにつかまろうとしたが、できない。

ローダンは急いでタウレクのところに行った。

「タウレク！　いったいどうしたんだ？」

不思議な男の唇が動いて、なにかいった。しかし、ローダンはそれをほとんど理解することができない。

「当面はしかたない」タウレクはささやいた。「きみに指揮権を返さなければ……」

＊

ペリー・ローダンはタウレクに指揮権をまかせるとか、まして銀河系船団の艦船長にするなどという考えを、認めたことはけっしてなかった。

しかし、いま、この猛獣の目をした男がただプラットフォームの上に横たわって、もう動けないのを見ると、いつものタウレクにもどってほしいと思った。

これがはじめてタウレクを本当に必要としたときだったかもしれない。

それでも、ローダンは冷静さをたもった。たしかに一瞬うろたえたが、まだ自分にのこされている可能性を生かしたかったのだ。そのひとつが《シゼル》だった。

コンソールに向かうと、これまで経験したことのないようなメンタル力が、ものすごい勢いで意識に迫ってきた。メンタル安定人間として、パラ心理攻撃を受けるのは慣れている。しかし、今回はすぐに麻痺したようになって、拒否できない。

折り合いをつけるのが非常にむずかしかった。すこし前に話をしたアリーン・ハイドンの意識片も、この攻撃に潜在的に加担しているのだ。ほかの数百万の意識片といっしょに、ネガティヴ超越知性体を形成しているのだから。

ローダンは思考にバリケードを張ろうとした。どうでもいいようなことに意識を集中する。重圧がさらに強まったとき、タウレクの上に身をかがめて、そのベルトのポケットを調べはじめた。容器のひとつに〝兵舎〟が入っている。しかし、つかむとすぐに白熱しはじめ、みずから分裂しようとしているように見えたので、あわててもとの場所にもどした。タウレクの道具類は期待を持てそうにない。それに、あまりに異質で、どうあつかったらいいかわからなかった。

プラットフォームの上はいま飛翔生物がうごめいているが、狙いを定めて攻撃してくることはせず、目的もなくうろついている。《シゼル》はこまのようにまわりはじめた。

肉体片はいつのまにか数えきれないほどになり、飛翔パイプのまわりを浮遊している。そのなかから、遠くまで響く声がした。ローダンにはそれが本当に聞こえているのか、それともただ意識のなかでの精神的な音なのか、わからなかった。なにをいっているのかは理解できないが、強い憎しみを感じとった。もしかしたら、集合体としてのセト＝アポフィスの声を聞く、貴重な機会なのかもしれない。

このような感情の吐露はローダンをなによりも苦しめた。セト＝アポフィスがどれほど絶望的な状況にいるか、その感情の爆発が伝わってくるからだ。集合体のかたちで超越知性体となったセト＝アポフィスは、全力でさらに高い発展段階に到達しようとしている。物質の泉の彼岸に行きたいのだ。そのためには手段を選ばない。恐ろしいほど容赦がなかった。

セト＝アポフィスに奪いとられた意識片の大半は、たぶん個人としてはべつの行動をしているのだろう。そのいちばんいい例はアリーン・ハイドンである。

あらたに物音がして、ローダンは暗い考えから引きもどされた。《シゼル》がめりめりと音をたて、もうこわれそうだ。精神的な重圧はますます強くなっている。

ローダンはコンソールによろめきながら移動した。タウレクがいっていたことを思いだした。その言葉で《バジス》で出発し、《シゼル》でフロストルービンへ向かうことになったのだ。だが、このような緊急事態になにをすべきか、自分にはわからない。運を天にまかせるしかない。

まわりの世界は混乱におちいっていた。セト＝アポフィスがプシオン性ジェット流で全惑星を揺さぶっている。海はかき乱され、巨大な波が群島を文字どおり洗い流した。《シゼル》の防御バリアに構造亀裂が三つできた。

ローダンはもう持ちこたえられないことを理解した。

制御装置に触れると、パニックのような叫び声を感じとった。最高レベルの緊急事態の警告だ。しかし、どうしたらいいのかわからなかった。

セト＝アポフィスはあちらこちらでエネルギーを吸いあげては、それをはげしく惑星や《シゼル》に投げつけてくる。

ローダンはタウレクの奇妙な宇宙船を最大価で加速した。どうなるかはわからない。いっきに惑星がうしろに遠のき、宇宙空間で青白い円盤になった。

「いったいなにが……？」と、タウレクの声。ローダンにはそれがまだ聞こえていたが、やがてあたりが暗くなり、もうなにも感じなくなった。

11 迷路

人類が宇宙空間に進出し、一九七一年にアルコン人と出会う前、科学者たちは宇宙を秩序的・体系的に解明する希望をくりかえしいだいていた。その見地での最後の研究のひとつが、天文学者のフレッド・ホイル、トーマス・ゴールド、ヘルマン・ボンディによるもので、宇宙にはたえずあらたな物質が生まれるため、根本的に定常なのだという論である。

そのような宇宙論の発達には、哲学的な考察が大きな役目をはたしていた。定常宇宙論はそれほど長くつづかなかった。むしろ、はるか遠い未来には、覆《くつがえ》すことのできないエントロピーの法則に宇宙は屈服することになるだろうと、あらゆることがしめしていた。

テラの宙航士がべつの宇宙に進出し、生物の住むミクロコスモスが発見され、アインシュタイン時空連続体が上位次元にはめこまれ、人智をこえる権力と接触することになり……結局、こうしたすべてがそれまでの説をことごとく引っかきまわし、罪はないが使えない論理にしてしまった。

新銀河暦四二六年の宇宙は、想像を絶するはげしい争いが勃発している巨大な戦場になった。

人類が長いあいだ、自分たちより優位でけっして勝てないと思っていたカオスの勢力が、建設的な勢力に対峙した。戦いは宇宙のはじまりからつづいていたようだが……人間的な時間のものさしによれば、永遠に終わらないだろう。

宇宙はこの戦いから生きる力を得ているのかもしれない。そう思うことが、ペリー・ローダンにはあった。この戦いはすべての存在の原動力なのかもしれない、と……

しかし、それは明らかに誤った理論だ。これまでの経験からすれば、最終的に秩序の勢力が優位を占め、勝利をおさめたときにのみ、宇宙は持ちこたえる。もしそれが敗《やぶ》れれば、実際に多くのテラの科学者が予言していたエントロピーが発生するだろう。宇宙は消えて、生物の存在は不可能になる。

戦いが起きているとも気づかないうちに、人類がその戦いで完全に滅びる危険がいかに大きかったか、ローダンは知っている。

恐ろしい戦いのなかでみずからを抹殺したり、自分たちの惑星をだれも住めない暗渠《あんきょ》に変えたりすることからテラナーを守ったのが、宇宙空間への進出だった。

そうするうちにテラナーは、自分たちが上位システムのパーツにすぎないと気づきはじめた。超越知性体〝それ〟の力の集合体の一部でしかないのだと……

〝それ〟は宇宙のポジティヴ勢力のひとつだ。しかし、セト＝アポフィスの絶え間ない攻撃から身を守らなければならない。

だが、過去にテラの艦隊司令官が思い描いたような顕著な戦線というものは、この戦いでは見られない。

ふたつの力の集合体の境界は、より高次の次元にある。さらに、戦っている双方の存在形態も、善と悪というような紋切り型の理解では分類できない。

戦場とそれに巻きこまれた生物たちは、それぞれの関係において、複層的で非常に複雑な迷路を構築している。

そんな迷路の中心から遠くはなれたちっぽけな側廊に、人類はいた。

ときおり、ちっぽけな領域の境界から向こうを垣間見《かいまみ》て、ポルレイターやフロストルービンや無限アルマダのような、幻想的なものに出会うのだ。

しかし、この迷路にもどこか出口はあるはず。ペリー・ローダンはそれがいつか見つかるだろうと確信していた。

それからやっと、三つの究極の謎、コスモクラート、物質の泉といったことが、パズルのピースのように埋まっていくのだろう。

ローダンはその瞬間をなによりも待ち焦《こ》がれていた。そうなれば、人類がそのために戦っている秩序の、すくなくとも一部は理解できるだろう。そうなれば、暗いトンネルの向こうに光が見えて、創造の意味がぼんやりとわかってくるのだろう。

しかし、意地悪な運命のめぐりあわせは、ローダンをこれまでにないほど目標から遠ざけてしまった……自分の目標をしだいに明確に意識しはじめた、その瞬間に。

もっと悪いことには、期待する秩序のための出動で、命を落とす危険さえあることを恐れなければならなくなった。

12　司令官

アルマダ部隊の一司令官のジェルシゲール・アンにも、ゆっくりとすわっていられる時間がたまにあった。しばしば責めさいなむような孤独感を運んでくる艦内のしずけさも、そういう時間には心地よく思われる。時がとまったようで、リウマチの痛みさえも瘤の下にほとんど感じない。

本当にめったにないのだが、そのようなときには、無限アルマダがこれまで乗りこえてきたとほうもない距離を頭に描く。それから、その大艦隊の最高司令官として、先頭を切って星の海を抜けていく自分の姿を夢みる。

その夢は現実を理想化していると、アンにはわかっていた。

スクリーンを見た。無限アルマダがついに目的地に到達したいま、一アルマディストにも全艦隊を見わたせるようなフォーメーションが組まれているだろうか？

艦はいまなお宇宙空間を慣性飛行でゆっくりと進んでいる。しかし、あまりに遅すぎて、動きをとめたように見えるのだ。

アンの夢にはときどき祖先があらわれる。みながっしりとした体格で、気むずかしい目つきをしている男たちだ。歯を食いしばって任務をこなしていた。トリイクル9の捜索に、ほがらかさやユーモアが入る余地はないようだった。

そもそも、かれらがどれくらいのあいだ旅をしていたのか、その答えがいまわかるのだろうか?

オルドバンは姿をあらわし、すべての秘密を明かすだろうか?

考えれば考えるほど、アンは確信を持てなくなっていた。どうやら、トリイクル9の終わりなき捜索というイメージは、艦隊を束ねる接着剤だったらしい。

どんな疑いも超越した非常に高い目標だけが、これほど多くの種族を、すくなくともこのような結託した共同体にすることができたのだろう。

おたがいにまったく知らない種族もある。

しかし、それはたぶん捜索がはじまる前も同じだっただろう。

シグリド人が書いた歴史書には、多くの細かい部分で、都合よく尾ひれがついている。

しかし、単純な歴史だ。

祖先はいったいなにをしてきたのだ?

無限アルマダのなかを五万隻の宇宙船で旅しながら……

捜索がはじまる前の時代は?

それははるか昔にさかのぼる話だ。アンが名前も知らない指導者がシグリド人種族をひきいていたころ……もっと悪いことに、アンは当時すでにシグリド人がいたかどうかさえ知らない。もしかしたら、シグリド人は長い旅のあいだに乗員として雇い入れられ、任務を課せられたのかもしれない。

オルドバンのほかはだれも知らないことだろう。

それでも、捜索に出る前の時代について考えることは、甘美な刺激をもたらす。失楽園のような禁断の香りだ。

自分の席で天井をぼんやりと見つめるうち、ジェルシゲール・アンは捜索前の時代に関して知っていることを思いだした。

すでに当時、多くの種族はひとつの共同体に統合されることになっていた。それほどの昔でも、かれらにとって、トリイクル9はすべての意義と願望を意味していた。いずれにしても、まだべつの場所にあったのだが。

トリイクル9の近くにいる種族は監視者の役をはたした。

監視者はトリイクル9を宇宙の貴重品のように見守っていた。すでに当時から、許可のない者がトリイクル9に近づくことは冒瀆《ぼうとく》とされた。

トリイクル9周辺の警戒線は非常に密で厳重だったため、だれもこえることはできなかった。

いや、そうではない！　アンはそう考え、祖先が背負った罪の重さを感じてぎくりとした。

いや、そうではない！

だれか、こえた者がいたのだ。許されないことだが、宇宙の気が一瞬ゆるんだのかもしれない。

実際、監視者たちの目の前で、トリイクル9は盗まれた。

いま考えても思わずうめき声が出るほど、卑劣な行為だった。だまされた監視者たちが盗まれたことを理解したそのとき、断末魔の苦しみに似た深い心の痛みで立ちつくしたのが、目に見えるようだ。

トリイクル9は消えた。

犯人はわからず、動機は不明だった。

トリイクル9の喪失は言葉にあらわせないほどの結果をともなったにちがいない。しかし、遠い過去から伝えられてきた終末論のような叙述を受けいれることを、アンは拒んでいる。

最後には元気を奮いおこして行動しはじめたことが、監視者としての種族に有利に働いたのだ。

使える艦船はすべて一カ所に集められた。当時すでにアルマダ中枢とグーン・エンジンの技術は生まれていたにちがいない。もしかしたら、オルドバンが最初の命令を出していただろう。もしかしたら、オルドバンはどこかちっぽけな船のとるにたりない技術者だったのかもしれない。

この宙域のあらゆる場所から艦船がやってきたところを、アンは具体的に思い浮かべようとした。それらの艦船には、強い意志を持った乗員たちと、当初は楽観的に考えていた艦船長が乗りこんだのだろう。

こうして無限アルマダは生まれた。

トリイクル9をふたたび見つけ、泥棒を罰するという目的で出発したのだ。乱れた秩序はもとにもどさなければならない。非常に困難な仕事だが。

トリイクル9はもともとの場所ではどのようなものだったのか、どんな影響をおよぼしていたのか、アンにはまったくわからない。しかし、それは自分にとってつねに神聖なものであり、〝黒の成就〟の顕現なのだ。

無限アルマダは、はじめ猛烈な勢いで進んでいった。はたから見れば、復讐の女神のように見えたにちがいない。

しかし、このような当初のはげしい行動の興奮はすぐに冷めた。さらにまずいことには、しだいに慣れて型どおりになっていった。

そしてついに、無限アルマダはアンがいま知っているようなものになった……ますます巨大化するイモムシの大群だ。比類なき力を持つが、同時に、魂のないただの物体にすぎない。

それがいまになって、トリイクル9を見つけたのだ。アンはとっさには信じられなかった。

＊

トリイクル9は当時、いまのようではなかったはずだ。宇宙の瓦礫フィールドにある、ただの自転する円盤……これを見つけるだけのために、無限アルマダはさまざまな困難を乗りこえてきたのか。アンは信じられなかった。

トリイクル9は悪魔のような敵に悪用され、醜くされていた。

アルマディストたちのすべての怒りと失望が、遅かれ早かれ敵に向けられるだろう。トリイクル9の監視者の子孫も、もう二度と不意打ちを食らったりしない。

狡猾な泥棒のせいで受けた過去の苦しみを、償わせるのだ。アンはアルマダ中枢からの命令をいまかいまかと待っていた。上層部のためらいはよくわかるが……

上層部は敵のことをなにも知らないのだ。

二万隻の宇宙船は、無限アルマダと比べればとるにたりない戦力だった。しかし、あれは相手が招集したもののすべてではないだろうが。

アンの近くで音がして、しずかな時間は終わった。突然、アンは現実に引きもどされた。立ちあがると、瘤を刺すような痛みがはしった。顔の水疱が痛みでひきつる。

司令室にあらわれたアルマダ作業工は、それに無関心な目を向けた。

アンはからだを伸ばし、四肢の疲れをとろうとした。

「心がまえをしてください」ロボットが声を出した。「重要な決定が間近に迫っています」

アンはロボットを蹴飛ばしたかった。

「失せろ！」アンは口のなかでいった。「そのようなけっこうな助言は願いさげだ」

アルマダ作業工はあとずさりもしなかった。それもそのはず、ロボットは不安を知らないのだから。

「わたしは義務をはたしているだけです」ロボットは説明した。「アルマダ中枢からの命令で、この宙域にいるすべてのアルマダ部隊は非常態勢に入れとのことです」

「そんな命令は通信でことたりるのではないか？」アンはつっけんどんにいった。

「安全が優先されます」と、ロボットは答え、アームのほとんどをだらりとさげて、下へ浮遊していった。

「アルマダ作業工が嫌いなのですね」技術者のズーが断言した。アンの隣りにすわっていて、その光景を見ていたのだ。

アンは不快感で身震いした。

「そこらじゅう足音を忍ばせて歩きまわって、もったいぶっている」

ズーはほほえんだ。

「あれはロボットです。それも、かなり有能な」

アンは議論に巻きこまれるつもりはなかった。からだからぬくもりが消えていくようで、おちつかない。艦のむきだしの内壁とたいらな床を見て、自分がどこにいるかをはっきりと思い知る。だが、闘争心もはっきりと衰えていた。

アンは向こうみずではないし、暴力的な対決は避けるタイプなのだ。

だが、トリイクル9を盗んだ者のことを考えると……

アンは舌打ちした。

「なんと！」ズーは驚いて叫んだ。「あなたは怒っているのですね、司令官」

あまりに多くのことを背負っているからだ、と、アンは不機嫌に考えた。五万隻の宇宙船、喧嘩好きのシグリド人宙航士たち、球型船にいる捕虜、歴史の圧力。そして、トリイクル9に対する全アルマダ部隊の非常に危険な位置……

13 道

タウレクはわれに返ったとき、つらかった試練の時期にもどったような気がした。肉体は責めさいなまれ、理性がまともに働かない。プラットフォームの上に寝かされている。まわりでなにが起きたのか、わからなかった。耐えられない重圧感が意識にあった。

タウレクはそのような瞬間でさえ、反応するように訓練されていた。

やっとのことで頭をあげた。《シゼル》のなかにいるらしい。ひとりの異人が……いや、そうではない、ペリー・ローダンだ！……制御装置のところに立って、必死で操縦している。

しかし、なんというコースをとっているのだ！

思い違いでなければ、宇宙空間をまっすぐに進んでいる。

テラナーの奇妙にかたい動きが目を引いた。

タウレクは驚いてうめき声をあげた。いまやっと、ローダンが正気でないことがわかったからだ。そもそも、プラットフォームに棒のように倒れていてもおかしくない状況なのに、どういうわけか制御装置の側にまっすぐに立っている。

　タウレクは這っていって、操縦ピラミッドのところで立ちあがった。すると、ローダンがなかば正気にもどっていることに気づいた。しかし、まだ自分たちのためになにかできる状態ではない。

《シゼル》は最大価で加速している。おそらく、それがまさに敵のもくろみなのだ。セト＝アポフィスは侵入者を殲滅しようとあらゆる手段をつくすだろう。侵入者がM－82への道を見つけると確信しているにちがいないからだ。

　タウレクの頭にいっきに血がのぼった。その道がいまわかったと思ったのだ。

　ローダンの隣りに立つと、《シゼル》を減速させる。

　テラナーは血ばしった目でタウレクを見つめた。だれだかわかっていないようだ。タウレクはあわてて自分の装備を点検した。ローダンがいつのまにかセト＝アポフィスの影響を受けて、ありとあらゆる危険な装置を自分のものにしているかもしれないからだ。

　しかし、タウレクの貴重な所有物はいまだにまだベルトのポケットに入っていた。

「とまるのだ！」タウレクはテラナーに向かって叫んだ。

　ローダンは制御装置からタウレクをつきはなそうとする。

「これがわれわれの唯一のチャンスだ」タウレクははっきりといった。「どうやったらM－82に行けるかわかった。セト＝アポフィス帝国の中枢に直接に」

ローダンの表情が変わった。はげしくかぶりを振っている。

「われわれ、できるかぎり受け身で行動しなければならない」タウレクはつづけた。

「いわゆる〝無抵抗の道〟だ。それがわれわれをM‐82へ導くだろう」

同行者の目を見れば、理解していないことがわかる。

「われわれがはげしく反応すればするほど、フロストルービン内であちこちにほうりだされることになる」タウレクはいった。「セト＝アポフィスの故郷銀河に到達するためには、動かずにじっとしていることが必要なのだ」

ついにローダンが口を開いた。

「行くつもりはない！」言葉を吐きだすようにいう。「いまはまだ。アインシュタイン宇宙でなにが起きているか、もう忘れたのか？　無限アルマダのことを思いださないのか？　いまの状況でM‐82に行くことはできない。瓦礫フィールドでなにが起こったか知らなければならない。銀河系船団が危険にさらされている」

このミッションに出る前には、タウレクはローダンを理解したと思っていた。自分を手こずらせたりしないだろう、と。それどころか、ローダンに一種の親近感を感じていたのだ。だが、もうそんなことは問題ではない。

この男にとって、いまは銀河系船団がM‐82への進出よりも大切なのだ。

「われわれがいっしょにくぐり抜けてきたことはなんだったのだろう」タウレクは考え

こむようにいった。

《シゼル》が揺れた。タウレクはプシオン性ジェット流の精神の槍の穂先が意識を探るのを感じた。セト＝アポフィスがまたこちらを狙っている。

「もどろう」ローダンはきっぱりといった。

タウレクの猛獣の目が細くなった。ほほえんだが、その表情に今回ユーモアはなかった。

「わたしはM－82への道を知っている」タウレクは答えた。「しかし、アインシュタイン宇宙にもどる道は知らない」

＊

ひとつ目のタウレクはベルトのポケットからいくつかの装置をとりだした。それを次々に操縦ピラミッド上のたいらなプレートの上に積みあげていく。ふたりともしゃべらなかった。これから先、どのくらいセト＝アポフィスの精神的重圧に耐えられるのか、それに運命がかかっている。タウレクは、超越知性体が自分たちをもてあそんでいるような印象を持った。

「武器の投入はハイパー空間では危険だ」タウレクはテラナーのほうを向いた。「その効果を事前に予測することはできないから。つまり、こちらの命を奪う可能性もあるということ」

ふたりはおたがいに見つめ合った。

「ためすのだ！」ローダンはいった。

タウレクは最初の装置に手を伸ばしたが、ペリー・ローダンの呼び声で中断した。テラナーは宇宙空間を指さしている。タウレクは驚いた。真空のなかを肉体片がいくつか浮遊していたのだ。そのなかにアリーン・ハイドンのものがある。

「われわれを助けようとしている」ローダンはほっとしたようだ。

タウレクは確信が持てなかった。この決定的な瞬間、セト＝アポフィスが意識片の手綱をしっかりと握っているだろう。奇妙な肉体片は《シゼル》の防御バリアの上に引っかかっている。

「話をしようとしているらしい」ローダンはいった。「バリアのスイッチを切ってくれないか？」

わたしがそんなことをすると思うのか！　タウレクは唖然とした。この男はあえて危険を冒そうとしている。

タウレクが驚いているうちに、ローダンはすでに操縦ピラミッドに手を伸ばして、防御バリアのスイッチを切った。肉体片がおりてきた。

タウレクは武器を向けた。見ているものが現実ではないのは、よくわかっているのだが……

「わたしたち、セト＝アポフィスの使者としてきました」アリーン・ハイドンの頭はいった。「無条件降伏すれば、なにもしません。捕虜としてセト＝アポフィスの故郷銀河に連れていくだけです」

「たのまれても行くものか！」タウレクはいきなり怒りだした。「まして、捕虜としてならなおさらだ」

ローダンは手をあげて、タウレクに黙るようにいった。

「拒否したら？」

「そうしたら、あなたたちが死ぬまでプシオン性ジェット流の攻撃をつづけるでしょう」

タウレクはローダンがほほえむのを見た。

「セト＝アポフィスにそんなことができるのなら、とっくにわれわれを殺していただろう。しかし、最初のはげしい攻撃では思ったような効果がなかった。セト＝アポフィスはわれわれだけに注意を集中できないのだ。広大な帝国を支配しているから。それは同時に弱みでもある」

「セト＝アポフィスの注意をそらしたのは、力の集合体ではありません」アリーン・ハイドンは敵意のない率直さで答えた。「無限アルマダです」

「そもそも、超越知性体が心配していたのはそれだったのか」タウレクはいった。「無限アルマダにとりくまなければならないのだ」

タウレクは安堵感をおぼえた。ふたりとも助かるかもしれない。ネガティヴ超越知性体は自分たちを殲滅することにもう興味はないのだ。できるだけ早く、厄介ばらいをしたいらしい。

ローダンが発言しようとすると、タウレクはすばやくいった。

「できるなら、われわれが作戦行動をはじめたポジションまで撤退したい」

「できます」アリーン・ハイドンは約束した。それから、声の調子を変えて、ローダンが身震いするようなことをいくつかつけくわえた。「だれかをシガに送って、アリーン・ハイドンを探させてください。たとえ外見は変わっていなくても、彼女はもはや彼女自身ではありません。彼女に自由を返してやってほしいのです。たとえ、そのために殺すことになったとしても」

「いや、ほかの可能性を探す」ローダンは約束した。しかし、意識片がこちらのいうことを理解するかどうか、確信はなかった。

突然、すべての肉体片は消えた。タウレクとローダンにのしかかっていた精神的重圧はしだいに弱くなっていった。《シゼル》は相対的に静止した。

「どのくらいの意識片がここに集められたのだろう。数百万だろうか？」ローダンはタウレクにたずねた。

「それを考えても意味がない、テラナー。だが、非常に多いことはわれわれも知っている。そうでなければ、総体として超越知性体の役を演じられないだろう」

タウレクは飛翔パイプの点検にとりかかった。それから、装備品をふたたびひろい集めて、ベルトのポケットに突っこむ。

遠くはなれたところでオレンジ色の恒星がみずからの紅炎《こうえん》をのみこんだ。それはタウレクがハイパー空間を認識した最後の映像だった。反重力クッションを作動させた《シゼル》は吸引力にとらえられて、巻きこまれ、アインシュタイン宇宙に吐きだされた。

そこは《シゼル》が時空をはなれるときに構造亀裂をつくっていたところだ。

すべてはそのままだった。自転する虚無のある瓦礫フィールドが一方に、数えきれないほど多くの艦船からなる無限アルマダがもう一方にある。

そのほぼ中央に……いずれにしても《シゼル》の位置からはそう見えた……かすかな光点がある。銀河系船団だ。

14　テラナー

銀河系船団の艦船では、そのあいだに新銀河暦四二六年四月三日になっていた。

ペリー・ローダンはハイパー空間での時間の流れを通常時間に換算しようとはしなかった。タウレクとともに〝自分たちの〟時空にたどりついたのをよろこんでいいところなのだが……これもセト＝アポフィスの罠ではないかと、ひそかに恐れていたのだ。

だが、スクリーンに目をやったローダンは、無限アルマダを見て、いまネガティヴ超越知性体がひとつの問題をかかえていることを確信した。孤立したふたりの男など、とるにたりないと考えたにちがいない。

セト＝アポフィスの反応は、無限アルマダが超越知性体とはなんの関係もないことのたしかな証拠だった。テラナーたちにとっては大きな安心材料だ。

クリフトン・キャラモンは《ソドム》で出発していた。ペリー・ローダンの命令にしたがって、アルマダ艦内にいる異人たちに関する情報を得るためだ。グッキーとフェルマー・ロイドは、アルマダ領域からの意味のあるメンタル・インパルスの発信場所を、まだ突きとめられていない。

タウレクは《シゼル》を《バジス》の格納庫に運ぶことを了解していた。《シゼル》はいま、とめどない流れのような野次馬の視線にさらされている。

物質の泉の彼岸からきた男は《バジス》の研究センターにいた。専門家たちとフロストルービン内での状況について意見を交換するためだ。まず最初は〝無抵抗の道〟についてだった。タウレクの見解によれば、フロストルービンを抜けて直接、M‐82へつづいているという。

ローダンはいつの日かM‐82へ行こうと心に決めていた。まとまってセト＝アポフィスとなっている意識片たちを解放するためだ。

このときはまだ、まもなくネガティヴ超越知性体の中枢部に行くことになるとは思っていなかった。それも、予測していたのとはまったく違う前提のもとで……

フロストルービンから帰還したローダンを待っていたのは、ゲシールの冷ややかな出迎えだった。アトランへの気づかいからだと受けとった。アルコン人は《バジス》船内での出来ごとを、つねに《ソル》からテレカムで見ているからだ。いずれにしても、このようなデリケートなゲシールの態度は新鮮だった。

カルフェシュは相いかわらずタウレクを思いだせないといっている。それもそのはずだ。タウレクはもともとの姿でないことをみずから認めているからだ。

いずれにせよ、タウレクはもう主導権を要求していない。科学者たちとの話し合いのあともそうあってほしいとローダンは望んだ。タウレクにあれこれ指図されるのはいやだった。

しかし、この謎めいた男は、その気になれば《バジス》をわがものにすることができる手段を持っているだろう。

タウレクは謎のままだ。フロストルービンでいっしょにいたのに、ローダンにはこの異人がいまひとつわからない。

運命の皮肉だろうか。銀河系船団のメンバーと、その敵であるセト＝アポフィスが目下、同じ重要課題を共有している。無限アルマダである。

これまで銀河系船団に対して、無限アルマダはなんの行動も起こしていない。《プレジデント》はいまも行方不明だ。銀河系船団の探知士が方位測定したところによれば、セト＝アポフィスの補助種族である鳥型種族の宇宙艦が、どうやら無限アルマダの部隊に追いはらわれたらしい。

だが、またもどってくるかもしれないと、ローダンは考えた。

セト＝アポフィスがフロストルービンをそうかんたんにあきらめるとは思えない。それはセト＝アポフィスにとって、もっとも強力な武器なのだ。たとえ二百万年以上前からここに封印されていても……宇宙のべつの領域への扉として、プシオン性ジェット流の増幅装置として、いまなお利用することができる。

フロストルービンと無限アルマダのあいだには、なにか関係がある。第一と第二の究極の謎に出てくるのだ。

無限アルマダがやってきたのは偶然ではない。

それどころか、第三の究極の謎も関わっているかもしれない。〝法〟だ。

それは人間がもはやこえられないポイントなのか？

数十億の船を目の前にして、人間の理性は圧倒されたかのようだ。人類の決意など意味をなくしたように思える。

しかし、ペリー・ローダンはそれをよしとしない。

M－82に行って、無限アルマダの謎を解こう。

〝法〟についても、いつか解明しよう。

一九七一年に月に降りたち、アルコン人と出会って以来、旅はつづいているのだ。

あとがきにかえて

増田久美子

中国人投資家が北ドイツのある町の飛行場を買いとる。そんな実話を映画化したものを、ドイツ公共放送のストリーミングで偶然に見た。再度見ようとしたが、もう流れていなかったので、ＤＶＤを取り寄せる。日本での公開はないと思うので、長くなるが紹介したい。映画の題名は「Parchim International（パルヒム国際空港）」。

投資家が買収した空港は第二次世界大戦中はドイツ軍が、その後ソビエト軍がヘリコプターの駐機基地として利用していたものだ。軍の撤収時に簡単な管制塔と本部の建物だけを残して、あとはすべて撤去してしまった。したがって、まともな空港施設はない。ただ、滑走路と広大な敷地があるだけだ。東西ドイツ統一後、町に返還され、いくどか買収の話が出たが、結局引きうけ手がなかった。投資家はこの飛行場の地理的条件に目をつける。自分の計画にこれ以上適切な場所はないと判断したのだ。このドイツ一地方都市のお荷物になっている飛行場を、これまでだれも想像しなかったような一大物流拠点にしようと決意する。中国から観光客や貨物をここに運び、さらにヨーロッパ各地に送りだす。敷地内に工場を作り、アフリカからの半製品を完成させ、中国本土に輸出する。ドバイのような超豪華ホテルを建て、カジノ、高級ブランドの店が並ぶ世界最大級の免税センターやショッピングモールも作る。地元は大量の雇用で活気づくはずだ。

しかし、投資がすぐに収入に結びつかない現実があった。滑走路は高額の費用をかけて修繕しなければならない。正式な管制塔も必要になる。ドイツの、あるいは郡のさまざまな規制の壁にぶつかる。本国で資金集めに奔走するが、新たな出資者を募ることが難しい。なんとか管制塔だけは最新式のものを建てたが、それでもやはり〝大きな約束と小さな進歩〟感は否めない。定期航空路はまだなく、飛来する航空機は車輪が滑走路につくと同時にまた飛びたつ、タッチ・アンド・ゴーを繰りかえす訓練機だけだ。プロジェクトの進展は滞りがちになり、地域にはしだいに不信と落胆が広がる。それでも、投資家は計画の実現をあきらめようとしない。一石を投じなければ波は起きないではないか。歩みはいつでも止められるだろう。しかし、止めればそれですべてが終わりになる、と。そんな〝黄色い危険〟、すなわち他国ですべてを買い占めるといわれる中国猛烈ビジネスマンのイメージは、故郷の村でのシーンでひとりの大きな夢を抱いたロマンチストに変わる。

人口二万人たらずのドイツの町にとっては、まさに別次元のエネルギーが突然注ぎ込まれたようなものだった。期待ととまどい、違和感と不信感がきしみとなり、そこにある種の〝おかしさ〟が生まれる。それをメインテーマにしようと思ったと、この映画のドイツ人監督はいう。文化の違い、利害関係、さまざまな心の葛藤を、短いカットを時系列ではなく対比的に並べることで表現している。

北ドイツのパルヒム。投資家が満面の笑みを浮かべて関係者たちと空港開港のテープカットをするシーンから映画は始まる。招待客に新しく建てた管制塔を誇らしげに案内し、広大な敷地を前に壮大な計画を語る。空港建物正面には中国国旗がはためく。足場の上にプレハブの物置を乗せたようなソビエト時代の管制塔と、その上をきしみながら回りつづけるサーチライト。滑走路に航空機はなく、野ウサギが跳ね、カモが歩いている。国際空港業務とはほど遠い仕事に日々従事する数十人のドイツ人従業員。現地代表としてふたつの世界を取り持つドイツ人マネージャー。

中国北京の高層ビル群を横目にキャスター付きのスーツケースを引っぱりながら足早に歩き、常に携帯電話を手から離さず、どこにいてもジョギングを欠かさない投資家の姿。

投資家の故郷、中国の小さな村の風景。久しぶりに帰ってきた息子を出むかえる年老いた母親。投資家は貧しさゆえに幼い兄が栄養失調で死んだこと、独力で学費を払い勉強したこと、十八歳まで村から外に出たことがなかったこと、仕事が忙しくて父親の死に目に会えなかったことをカメラに向かって語り、母親の膝に泣き崩れる。息子の仕事が忙しすぎるのではないかと気遣う母親。

このドキュメンタリー映画の制作者シュテファン・エバーラインとマヌエル・フェンは、たまたま目にした新聞記事からこの映画の制作を決心する。地方空港の買収はよくある話だが、買収する本人が前面に出て、地元の人々に自分の思い描く計画を語ることはあまりない。その大胆さに惹かれたのだ。制作には七年の歳月を費やした。その間の制作費用はすべて自分たちでまかなったという。

撮影中の一番の難問は、この投資家が多忙だったことだ。当初からある程度は予想されていたが、想像をはるかに超えるものだった。仕事で世界中を飛び回っているため、突然どこかに出張してしまうこともある。撮影チーム三人はスケジュールの調整に神経をすり減らす。エバーラインは二十年以上の経験を持つ監督だが、撮影プロジェクトはいつも綱渡り状態で、いくども危機的な状況に陥った。四つの撮影予定のうち三つはキャンセル。残りのひとつは予定とは違う場所……そんな調子だったと、監督は語る。

いつまで続けられるのか、続ける価値があるのか、常に自問自答しながらの制作だったそうだ。投資家も監督もお互いに七年間、儲けもないまま大きな夢の実現に必死に努力しているのは同じだ。どちらが先に自分のプロジェクトで金を稼ぐか賭けをしようと、冗談とも本気ともつかないことを話したという。ＤＶＤのカバーにはどこまでも続く滑走路のまんなかに、携帯電話を手にひとり険しい表情で前を向いて立つ投資家、そのうしろに一匹の野ウサギ、その奥に滑走路を掘削する一台のパワーショベルが見える。ただそれだけだ。これがユーモアならば、かなりのブラックユーモアだろう。この作品を観て、〝おかしさ〟を理解するのに少し時間がかかった。投資家と同じアジア人だからなのだろうか。しかし、〝ひたむきさ〟と〝ひたむきさ〟がこすれ合って生まれる〝おかしさ〟が、結構いまの自分のツボにはまっている。この作品は二〇一五年から二〇一六年にかけて、ドイツのドキュメンタリー映画部門で多くの賞を受賞した。

最後に地球規模のロマンなど問題にならないほど雄大な宇宙ロマンについて語らなければならない。銀河系の遥か彼方、わがローダン世界は宇宙ハンザ（〝それ〟がセト＝アポフィスの侵略に備えて作らせた汎銀河交易機構）から無限アルマダへと舞台の中心を移す。数光年の長さ、数光月の幅で十億隻ほどの船を有する捜査艦隊だ。訳していてもその桁外れのスケールに目眩がした。

訳者略歴　国立音楽大学器楽学科卒，ドイツ文学翻訳家　訳書『黒いモノリス』マール＆ダールトン，『自由民の基地』フランシス＆ホフマン（以上早川書房刊）他多数

HM=Hayakawa Mystery
SF=Science Fiction
JA=Japanese Author
NV=Novel
NF=Nonfiction
FT=Fantasy

宇宙英雄ローダン・シリーズ〈550〉

ポルレイターとの決別《けつべつ》

〈SF2136〉

二〇一七年八月　十　日　印刷
二〇一七年八月十五日　発行

（定価はカバーに表示してあります）

著　者　クルト・マール　ウィリアム・フォルツ
訳　者　増《ます》田《だ》久《く》美《み》子《こ》
発行者　早川　浩
発行所　株式会社　早川書房

郵便番号　一〇一 - 〇〇四六
東京都千代田区神田多町二ノ二
電話　〇三 - 三二五二 - 三一一一（大代表）
振替　〇〇一六〇 - 三 - 四七七九九
http://www.hayakawa-online.co.jp

乱丁・落丁本は小社制作部宛お送り下さい。
送料小社負担にてお取りかえいたします。

印刷・信毎書籍印刷株式会社　製本・株式会社川島製本所
Printed and bound in Japan
ISBN978-4-15-012136-5 C0197

本書のコピー、スキャン、デジタル化等の無断複製は著作権法上の例外を除き禁じられています。